十年灯

赵晓梦 —— 著

四川人民出版社

图书在版编目（CIP）数据

十年灯 / 赵晓梦著. — 成都：四川人民出版社，2023.5
ISBN 978-7-220-13164-6

Ⅰ.①十… Ⅱ.①赵… Ⅲ.①诗集–中国–当代 Ⅳ.①I227

中国国家版本馆CIP数据核字（2023）第065585号

SHINIANDENG
十年灯
赵晓梦 著

责任编辑	王其进
责任校对	吴 玥
封面设计	徐文睿
版式设计	最近文化
书名题字	洪厚甜
责任印制	祝 健
出版发行	四川人民出版社（成都三色路238号）
网　　址	http://www.scpph.com
E-mail	scrmcbs@sina.com
新浪微博	@四川人民出版社
微信公众号	四川人民出版社
发行部业务电话	（028）86361653 86361656
防盗版举报电话	（028）86361653
照　　排	四川最近文化传播有限公司
印　　刷	四川新财印务有限公司
成品尺寸	143mm×210mm
印　　张	12
字　　数	210千
版　　次	2023年5月第1版
印　　次	2023年5月第1次印刷
书　　号	ISBN 978-7-220-13164-6
定　　价	68.00元

■版权所有·侵权必究
本书若出现质量问题，请与我社发行部联系更换
电话：（028）86361656

目录

001... 惊涛来似雪，十年夜航船
　　　——序赵晓梦诗集《十年灯》　霍俊明

第1辑　长　调

003... 屋顶上

018... 分水岭

027... 马蹄铁

042... 山　海

053... 敦煌经卷

第2辑　组　章

廿四花品（组诗）/ 063

063...梅　花　　　064...李　花
066...菜　花　　　067...杏　花
068...桃　花　　　069...梨　花

071...玉　兰　　　　　072...樱　花

073...海　棠　　　　　074...牡　丹

076...茶　花　　　　　077...紫　藤

078...月　季　　　　　079...苔　花

081...杜　鹃　　　　　082...栀子花

083...鸢　尾　　　　　084...三叶草

086...蓝花楹　　　　　087...荷　花

088...三角梅　　　　　089...芙蓉花

091...桂　花　　　　　092...菊　花

众山皆响（组诗）/ 094

094...遇　雨　　　　　095...听　风

096...观　云　　　　　097...望　月

098...漫　步　　　　　099...敲　山

101...问　花　　　　　102...歇　阳

104...鸣　谷　　　　　105...看　瀑

高原上（组诗）/ 107

107...山　歌　　　　　108...天　堂

110...斑　斓　　　　　111...锅　庄

112...碉　房　　　　　113...吊　桥

115...散　步　　　　　116...朝　晖

117...表　演　　　　　118...夜　雨

茶中故旧（组诗）/ 120

120... 吴理真

122... 白居易

123... 刘禹锡

124... 苏东坡

125... 陆放翁

草原上（组诗）/ 127

127... 夜宿草原　　*128...* 夏日草原

130... 青海湖边　　*131...* 刚察湟鱼

132... 菩提树下　　*134...* 女娲湖底

135... 拉脊山上　　*136...* 达玉部落

138... 一匹马的名　*139...* 一滴马的泪

141... 一个马的节

换个方式爱她（组诗）/ 143

143... 四个女儿　　　　*146...* 身体长刺的人

147... 带走月光的人　　*148...* 没有语言的生活

150... 关心天气预报的人 *151...* 归还书房的一尾鱼

153... 从今天起　　　　*154...* 换个方式爱她

155... 傍晚的风铃　　　*157...* 两个月饼

伦敦时差（组诗）/ *159*

159...徐志摩的石头　　*160*...剑桥印象

162...院士花园　　　　*163*...时间的爬虫

166...夜晚的摄政公园　*167*...酒吧的DNA

168...从威斯敏斯特大教堂到伦敦眼

170...被时差颠倒的闹钟

171...大师在墙上

自画像（组诗）/ *174*

174...刀笔手　　*175*...烟斗客

176...老男孩　　*178*...透明人

179...太极手　　*180*...肌肉男

181...呼喊者　　*183*...吹奏人

184...观棋者　　*185*...风筝客

186...跑步者　　*187*...拳击手

乡村笔记（组诗）/ *189*

189...三渔村　　*190*...石狮萌

191...花溪谷　　*192*...虎溪镇

194...桑田里　　*195*...冬荷塘

196...笔记本　　*197*...罗江春

200...山坡羊　　*203*...玫瑰谷

从前慢（组诗）/ 204

204...从前慢　　　　205...老　屋
206...守　夜　　　　207...遗　像
208...道师先生　　　210...打井水
212...散灾饭

旧粮站（组诗）/ 214

214...绣　娘　　　　215...微　花
216...口　琴　　　　217...旧粮站
218...田　家　　　　219...怀　乡
221...玉米地　　　　222...小　街

母亲的屋顶（组诗）/ 224

沙之书（组诗）/ 235

235...流　沙　　　　236...鸣　沙
237...平　沙　　　　238...寒　沙
239...黄　沙　　　　240...风　沙
241...飞　沙　　　　242...沉　沙
243...哭　沙

第3辑　短　歌

247... 草　堂　　　　249... 眼　罩
251... 虔　诚　　　　253... 秘　林
254... 铁　树　　　　256... 病　人
258... 界　碑　　　　260... 渡　口
262... 盐　号　　　　264... 红军街
266... 红军树　　　　268... 酒　庄
270... 酒　洞　　　　272... 竹　林
274... 半　岛　　　　276... 对　岸
278... 湖　畔　　　　279... 等　待
281... 延　误　　　　283... 标　准
285... 喇　叭　　　　287... 叹　息
289... 鹦鹉来串门　　290... 洗　澡
292... 中　药　　　　294... 小　巷
296... 擦皮鞋　　　　298... 楼　梯
300... 春夜喜雨　　　302... 椰　树
304... 海　滩　　　　306... 下午茶
308... 第七日　　　　310... 晚　安
312... 听着雨声　　　314... 台　历
316... 绛　雪　　　　318... 何　园
320... 溱　湖　　　　322... 接骨木
324... 花　下　　　　326... 岩　下

328... 桥　下　　　　330... 桥　洞

332... 晨　曲　　　　334... 鸟鸣涧

336... 你还没告诉我　　338... 湖　畔

340... 遗　嘱　　　　342... 风　口

344... 在新九的山中过年

346... 米　易　　　　348... 伤　口

350... 这河里到底藏了多少秘密

352... 城里的月光　　354... 碎纸机

355... 空房间　　　　358... 春天的心房

360... 后记　十年灯话　赵晓梦

惊涛来似雪，十年夜航船

——序赵晓梦诗集《十年灯》

霍俊明

当我将赵晓梦厚厚的十年诗稿打印出来的时候，窗外刚好传来一阵不知名的鸟叫声，清脆、婉转如喉管里含着响亮、清冽的山泉。世事沧桑，鸟鸣依旧。我们要感谢诗歌这位对我们不离不弃的朋友，它是我们生命履历中不可或缺的命运伙伴和灵魂伴侣。

1

1995年，谢默斯·希尼获得诺贝尔文学奖，授奖理由值得我们一再揣味："他的诗既有优美的抒情，又有理论思考的深度，能从日常生活中提炼出神奇的想象，并使历史复活。"同为爱尔兰伟大诗人的W.B.叶芝则强化了诗人的日常生活与诗歌中自我形象的差异，甚至强化日常生活中与诗歌中的常常并不是同一个人。我最喜爱的明代大家张岱曾经说过一个交友的真理："人无癖不能与交，以其无深情也。"（《陶庵梦忆》）日常生活中的赵晓梦，他的手里时常端着一个特殊的物件——烟斗，于烟雾缭绕中一个人的癖好和性格无比清晰，"和着夜晚的琴声，套上一双白手套／你小心擦拭这些古老的石楠根／让大海的波浪朝着一个方向竖起睫毛／让那些隐秘的往事显露出条理／／夜雨已成溪，烟斗里还飘雪／清醒比微醺更让人空虚"（《烟斗客》）。

赵晓梦这本最新诗集取名《十年灯》，当是出自黄庭坚诗句："桃李春风一杯酒，江湖夜雨十年灯。"作为曾经的文学少年，赵晓梦从2002年重拾诗笔，今年正好"归来"十年。对白天忙于工作的他来说，写诗基本上是"挑灯夜战"，而其为人倒也颇有几分"桃李春风一杯酒"的"江湖"豪爽与大气，其诗中也随处可见"夜雨"意象。所以，我想，取名《十年灯》，不仅是一种时间描述，更是一种写作状态呈现。

诗集分为长调（长诗）、组章（组诗）和短歌三个小辑，它们之间恰好形成了诗歌文体学意义上的交织和呼应，而前两者更能体现一个写作者的总体性视野以及精神能力。赵晓梦是我所见的同时代诗人中比较擅长写作长诗和主题性组诗的，他的整体构架能力以及诗歌走向的掌控能力都比较突出，这在即时性的物感化的碎片化的写作情势中显得愈发重要。赵晓梦1300行的长诗《钓鱼城》是近年来不多见的在诗歌写法上具有发现性的作品，是三重奏式独白体的命运史诗、精神史诗和心灵史诗。这首长诗印证了一个当代诗人与历史传统之间的深入互动和对话关系，体现了对历史的精神复原能力。《钓鱼城》《敦煌经卷》等长诗使得赵晓梦的诗歌特质和精神肖像更为清晰，也更具辨识度。质言之，一个诗人的区别度在任何时代都是至为关键的，而诗歌评价尺度是一个复杂的动态的综合系统，必然会涉及美学标准、现实标准、历史标准和文学史标准。即使单从诗人提供的经验来看，它就包含了日常经验、公共经验、历史经验以及语言经验、修辞经验在内的写作经验。诗歌只是一种特殊的"替代性现实"，是诗人所特有的精神生活和想象世界。即使只是谈论"现实"，我们也最终会发现每个人谈论的"现实"却并不相同。"现实"是多层次、多向度、多褶皱的，正如陈超所吁求的那样"多褶皱的现实，吁求多褶皱的文本"。质言之，诗人与自我、生活、现实以及历史的关系并不是单一的模仿或反映，而既是情感关系、伦理关系又是修辞关系、改写关系，"仿佛我得到了一个颠倒的望远镜，世界移开了，一切东西变小了，但它们没有丧失鲜明性，而是浓缩了。"（米沃什《一个诗的国度》）

2

诗歌是自审和对话的产物。第一辑"长调"的开篇《屋顶上》直接引用了伟大诗人杜甫于家国离乱中写于至德二年（757年）的诗句"恨别鸟惊心"（《春望》）。非常有意味的是，他在组诗《廿四花品》的开篇亦引用了杜甫《春望》中的另一句"感时花溅泪"，甚至赵晓梦还写过杜甫的同题诗《春夜喜雨》。在另一首长诗《马蹄铁》的开篇，赵晓梦则引用了另一位伟大诗人里尔克长诗《杜伊诺哀歌》中的"最终他们将不再需要我们了，那些早逝者"。

我们应该已经注意到了当代越来越多的中国诗人重新找回了杜甫或里尔克，而他们作为伟大的命运共同体的回声和血缘密码也越来越具有击穿世事人心的精神膂力，犹如"玻璃上，一粒尘埃惊醒另一粒尘埃"（《屋顶上》），犹如"我们在各自的命运里起身"（《春夜喜雨》），犹如"半野生的秘密都在草的根部隐身"（《马蹄铁》）。显然，杜甫与里尔克已经成为语言的化身以及诗人精神的原乡，成为贯通每一个人的"绝对呼吸"与"诗性正义"。这正是诗人特有的"立言"方式，从而诗人与"自我""当代"之间建立起"诗传"式的深度描写关系。这一深度对话也使得赵晓梦诗歌的精神自审、探询的深度以及历史感、文化意识、生命的哲思都非常显豁。其诗总体而言，意象的繁密与疏松有序，场景的过渡、转换依据心理的潮汐而变化，空间和时间都具备纵深度，个人化的历史想象力和生命的求真意志突出。

值得注意的是，赵晓梦的诗歌中总有一个强势的"说话人"角色，他时而"抒情"，时而"叙说"，时而又进行自我的戏剧化。这也正是本雅明意义上的"讲故事的人"，只是言说的语调、节奏和方式都是诗歌所特有的，当然，诗歌与散文、小说之间的文体边界早已经不像是界碑、界河那样的壁垒分明、泾渭立辨了。无论是一般意义上的抒情、吟咏、自白还是对谈、叙事和戏剧化的复调，它们都在赵晓梦的"说话人"这里找到了各自合宜的发声位置。这使我想到当年博尔赫斯所说的"线是由一系列的点组成的；无数的线组成了面；无数的面形成体积；庞大的体积则包括无数体积……不，这些几何学概念绝对不是开始我的故事的最好方式。如今人们讲虚构的故事时总是声明它千真万确；不过我的故事一点不假"（《沙之书》）。

由赵晓梦十年累积而成的诗稿以及这个"说话人"，我不自觉地想到了写作《西湖梦寻》《陶庵梦忆》《夜航船》的张岱，体味到的是那种追怀、盘诘、疑问以及浸透在骨子里的悲凉。夜航船，是世事浮沉中一颗跳动的心脏。在崩毁的冷彻时刻，张岱深感作为一个见证者还远远不够，作为"史学世家"后裔的他，还必须承担起记述历史的责任。于是，诗歌就承担起存留人类记忆的功能。在27年的时间中，张岱最终凭借一人之力，完成了220卷、计200万字的"史记"。由此，在十年的时间节点上，我也看到了赵晓梦的一幅幅夜行图，看到了一个人在黄昏或夜色中所写下的"诗史"。黑夜可以区分为两种形态，它们分别对应静思时刻和凝虑时刻。前者更容易让我们看到一幅亘古未变的夜景图，比如海子的"黑雨滴一样的鸟群／从黄昏飞入黑夜"（《黑夜的献诗——给黑夜的女儿》）。苏轼的前后《赤壁赋》则将古人夜行推至极致的状态,而在古代夜行图中,张岱是非常殊异的一位,满卷之上弥漫着时间和世相的惊颤之音。

3

诗人一直是大地上的深情凝视者,赵晓梦显然自觉地接引了这一角色,只可惜曾经的土地伦理和大地共同体已经瓦解、破碎。当诗人在现代性的时间和空间的挤迫中重新面对大地、河流、山川以及城市的时候,最考验他的就是精神能见度,由此,长诗《分水岭》就来到了我们面前。

显然,"分水岭"是一个精神场域,涉及众多内在和外在的事物、场景、心象以及地方文化元素和现实区域。质言之,它既是具象化的又是想象性的,它不只是自然地理的空间意义上的,不只是水流的物态化的结果,而同时是历史化、时间性和精神寓言意义上的,它代表了新旧两个差异性的时间观和世界观。在此情势下,诗人的文化根系已然被撬动,他的语言、感受以及想象方式也随之发生了裂变。诗人成了向导,这注定是一次次艰难辨认的时刻,而携载精神重力的诗句必然诞生,"让开裂的大地承认时间的重量"(《分水岭》)。

一个优异的诗人必须克服时间的易碎感,他要持有一个全方位的精神取景框,能够同时观照、凝视细节、近景、中景、远景以及全息景观。深秋时节,赵晓梦从"屋顶上"这一既日常又带有视线提升的特殊空间出发,重新找到了自我渊薮以及万物的更替、轮回。秋天的声响高低错落地传来，它们同时也是后疫情时代一个人的内心以及广阔现实的混响，徘徊的沉默的瞻望的诗人犹如屋顶上蹦跳的麻雀，重新发现了绵延不已的"万古愁"。由此，我一直认为，评价一个诗人必须放置在"当代"和"同时代人"的认知装置之中，也就是我们必须追问在"同时代"的视野下一个诗人如何与其他的诗人区别开来。一个真正的写作者必须具有"求真意志"和"自我获启"的精神吁求，这在赵晓梦十年来的诗歌中有着明确的显现，而在斑驳的光影中，他又总是能够关注那些卑微的事物和命运，"往返这条河流，人被洋溢卑微的面庞照亮"（《山海》）。在凝视和探询中，他也一次次将那些幽暗的历史、记忆、文化、遗迹以及自我、命运重新推进到词语的照彻之下，"轻轻打开这些黑暗里散发光芒的纸／会听到迷人的声响，就像历史的声音／在时间的长河里回响"（《敦煌经卷》）。

我们已然注意到了，水作为液态的复合体，总是在赵晓梦这里被赋予更多流动性或静止性的精神寓意，水也对应历史、时代境遇下自然物态与社会场域的聚合，"隐遁其中，分开的是水分不开的也是水"（《分水岭》），"河流的抵抗一直在继续"（《马蹄铁》），"波涛拥挤着波涛，没有钟声导航的船半夜／靠岸"（《山海》）。

水是一个巨大的明亮的镜像，也是幽暗的深渊，可以让人在倒影中看清人心、欲望、世相、因果、轮回。由此，水成为印证人心世相、世代更迭的绝好场所。与此同时，水是认知的母体，是温习记忆和滋养幻想、幻念的产物。水是深不可测的，充满了魔力般的吸力，安静无声的水让人静观自得而给人以安慰，奔腾喧嚣的喷着白沫的水引人不安和惶恐，"与其说平静如镜，不如说微微颤动…… / 既是间歇又是抚慰，液体的琴弓划过泡沫的合奏"（保尔·克洛代尔《旭日中的黑鸟》）。

4

对于赵晓梦而言，诗歌写作之所以构成个体主体性前提下的"语言活动"和"精神事件"，其核心就在于诗人对精神自我以及人情、世情、时代、世界的一次次发现、审看、挖掘。这是另一种"酉阳杂俎"或"世说新语"，这也是一个人的"精神自传"，其中代表性的作品如组诗《自画像》。

"精神事件"总是需要一个个场景、物象以及人物来支撑的，这些相关的物象或心象既可以是历史的、现实的又可以是想象的、虚构的，它们需要用探询精神予以深度关联。以此来考量，赵晓梦的《母亲的屋顶》《乡村笔记》《廿四花品》《众山皆响》《高原上》《自画像》《草原上》《沙之书》等一系列主题性组诗，让我想到了华莱士·史蒂文斯的诗句，"好审问的植物学家， / 和哑默而处女般的新条目的 / 综合词典编纂家，此刻凝望自己"。一个流行的说法是，每一片树叶的正面和反面都已经被诗人和植物学家反复掂量和查勘过了——我们可以由此推而广之，但是事实却远非如此，一些事物的复杂面貌不但没有越来越清晰，反而是越来越似是而非。这恰恰印证了个体经验以及人类经验仍存在着不可弥补的局限，"知道松树会开花的人数寥寥。即使有幸见过松树开花的人，其中大多数也因缺乏想象力，错把这场开花的嘉年华看作是平常的生物的自然现象。但凡想知道松树的开花状况的人，就应该在五月的第二个星期在松树林里度过。"（奥尔多·利奥波德《沙乡年鉴》）

　　对于诗人而言，出行漫游、精神对位、发现能力以及求真意志是非常关键的。在这些植物、动物、人物、风物以及故乡、家族和自我面前，赵晓梦一直坚持审问和探究的开放姿态，他也一次次化身为语言和修辞的"博物学家"。在凝视、探问与辨认中，诗人的精神能见度进一步提升，无论是熟悉的抑或陌生的差异性的细节、动作、物象、族群和外在世界，因为诗人的凝视、探询、叩访以及观照而打开了一个个崭新、新奇、多义性的精神空间，这对应了个体主体性、生存现场感、时代现实感以及地方性知识一次次精准对位和精神淬炼的能动时刻，"颜色失真，许多植物已不可辨认/只有我是滚过你枝头的浩大繁星"（《廿四花品·梨花》），"长久凝视这棵比寺院更早到来的树/犹如面对一本沙之书，合上再打开/里面的内容每次都不一样"（《草原上·菩提树下》）。

　　值得注意的是，在赵晓梦这里，这些幽微和日常的事物既是时间和空间的自然原生属性,又是精神构造和心理投射的结果,这是一种化学和光电反应式的独特眼光和灵魂悸动。这是词语和求真意志彼此求证和相互打开的过程,也是在悖论、否定、疑惑中,诗人寻求和解、安慰和舒缓的时刻。随之,诗人的生活边界和语言边界得到了双重拓展与更新。极为难得的是,赵晓梦已然将精神视点从可见的地面移到了隐秘不察的根系、土壤以及更深的幽暗表情之中,关于世界以及自我的认知也一次次被放大或校正。

惊涛来似雪,十年夜航船。赵晓梦坚持的是一种更具包容力的写作,是维持"写作成为问题"的表达方式。隔着岁月潮水的轰响,我再一次听到里尔克所说的:"若是你依托自然,依托自然中的单纯,依托于那几乎没人注意到的渺小,这渺小会不知不觉地变得庞大而不能测度。"唯有如此,诗人才能剥落日常生活的表象和外衣,重新面对自我、本义、诗性以及语言内核和存在本身……

第1辑 长调

屋顶上

恨别鸟惊心
——杜甫

1

麻雀飞过。屋顶一阵悸动
心思缜密的盆栽植物
没谁敢明目张胆挨着石头
他在灰色事物的平静中
平复心情,祈求风要么来得
猛一些,要么去得快一些

墙角的石榴看了看头顶天空
有一段时间过去了
麻雀的靴子还没有找到着陆场
围墙的心情变得浮躁起来

哪怕流言传播的树枝被淘汰干净
晚霞也曾有伤痕一般的缘分

四面透风的亭台是屋顶唯一的
支撑，在等风过去的日子
蚂蚁的脚步长时间出现在窗台
橡皮树拒绝添加不相干的人
归巢幽静，家畜从来不会光顾这里
玻璃上，一粒尘埃惊醒另一粒尘埃

我一个人徘徊砾石花园
阴影在板凳下大面积生长
即使桂花的香气覆盖了这片区域
风铃也会限制你无穷无尽的热情
背景干净又如何，一根网线
就能划破黑夜琴键的忧伤

阳光的褶皱让人感到寒冷
纠缠不清的声音绘出植物花纹
他看见烟斗从黎明中走来
孤独不是目光所能承受的重击
昨天的消息搁浅在今天的屋顶
成熟的伤口，刚好走到风的门槛

2

该来的总会来。比如鹰
代替麻雀在更低的天空盘旋
比如屋顶的树拽住云的眩晕
在这深秋时节,草不用通报
就会让出风的屋顶
有多少星辰在朝着街巷倾斜
就有多少黎明在眼泪中熄灭

青铜马车驶过的屋顶,重新
活在洒水车的练习琴声里
虽然单调,却保持清醒的狂喜
喷泉酷爱矫情。秋天比墙壁坚硬
比口罩有原则。隧道和桥梁
从一条河谷走向另一条河谷
残垣断壁上有数不清的疾苦和辉煌

如果不是云端的麻雀,他真会认为
希望和光明就在雪山的阶梯上
翅膀从未尝试过的呐喊与忍让
不再是好听的方言。你一根芦苇

就能为跌宕的河滩二次加息
我宽阔的帽檐,该保持怎样的沉默
才会表情肃穆?

3

这屋顶承受不了雨点的叹息
那些被漠视的蚂蚁偏爱石头
潮湿的阴影里有持久的幸福
也有带刺的玫瑰
不确定的树叶还在废墟辗转
麻雀已冒险返回滴水的屋檐

那么多的炊烟都在等风来
我无法预言也无法分辨
这一带岔路都通向额头和嘴唇
广阔的睡眠住在比日子更低的
拐杖上,没有你他睡不着
缺席的灯光,回答就消失的脸

有雨的地方就有未完成的窗
他隔着玻璃把溃败的时间收拢
如果寒冷有三重外衣和内衣

毛巾必须远离前胸贴后背的城镇
最低限度的温暖分不清白天黑夜
回响的代价藏在群星坠落的河流

4

有时候，灯光如水银泻地
楼下的花草树木接不住啊
秋天的声音，粉身碎骨的
荨麻疹。麻雀睡着的屋顶
模仿灰尘不起眼的人生
让不愿结束的道路困死丛林
哪怕固执的洒水车一滴泪也没有

从菊花傲霜怒放的花盆绕行
你会遇到好几种不同的文明类型
他总是转过身来面对自己
同样的屋顶，同样的泥土，面对
共同的敌人，我在打开的门缝里
窥视青铜独守的闺房
把凌乱从有灯光的地方区别开来

没有风，时间的鼻涕流不下来

就像荆棘只会刺痛荆棘
道路缺陷也破不开血管基因
寂静当然有高低贵贱之分
一滴水可以藏在月亮深处
也可以在花间起舞弄清影
尽管麻雀移不走这移动的屋顶

5

不能再往前了。屋顶在别人的
笔墨里看到自己的前世今生
内心的惆怅，奠定了这场秋雪的
精神底色。不过是一句话的事
倒下去的草竟难消心头之恨
对泥土的那份眷念，宁愿相信
红枣也不相信花生和小米

水滴众筹的身体出现在健身房
没人知道他为什么来到这里
在跑步机上冒险，用生硬的方式
吹黑门槛的影子。死亡不那么庄严
楼梯为每个生命准备了恰当的位置
屋顶的线条越冷越有杀伤力

麻雀不再是落日和星辰的归宿

你用石榴疯狂切割墙壁的细小局部
语速变快的屋顶给不出跑步角度
也给不出道路痴迷的私生活
我一生走过的坦途无外乎针尖与麦芒
视线并不见得是灯光最可靠的盟友
如同依山傍水的阁楼不相信风水学
人在岸边哪能体会到江河的慈悲喜舍

6

如果少那么一点，麻雀的生活
或许会更精彩。小火车的春天
在漫山遍野的油菜花里走完过场
屋顶醒来，金鱼挚爱的菖蒲蒙住
太阳眼睛，隐藏在乱石中的树木
有无数的感慨，也有急迫的侧影

你用脚步丈量生活作风，让自己
成为自己，在断裂的皱纹中计算
火焰的公式。我必须态度强硬
仅仅靠回忆停不住旷野的风

也停不住他的香烟啤酒和体温
隔离结束,门票被谢绝逗留

病毒有透明的反光,也有化学反应
麻雀在水里也在陶罐和青铜上
即使是一张白纸,也阻止不了
屋顶的青春。原来他不是来亮码的
风平浪静的屋顶伤害不了你的眼睛
也伤害不了刚刚驶出江河的纸帆船

7

我终究会成为你的绊脚石
这屋顶本没有光,他从梦中接过
铁桥与星辰,在长街的尽头
把麻雀的翅膀从天空的视线中拉回
让阳台上的绣球不再孤独和痛苦
像睡眠一样在不知名的枝头睡眠

有阴影的地方就有光。我在哪里
我能在哪里?只要阴影不迎娶阴影
你想要的世界就不会有目击者的威胁
蜡烛或路灯的威胁。屋顶刮着风

请握紧肩膀撕裂的清晨与黄昏
天空沉默如令人信服的书桌

他不躲,因为没什么地方可躲
他必须完成开始就做的事情
让唯一能活动的门槛静下心来
消除恐惧和疲劳,示意雨伞天亮了
放开夜晚聚拢的把柄和痛处
——那些借来的东西终究得加倍归还

8

屋顶总在不经意间退后,麻雀
只留下山的轮廓。他准时从
酒液中醒来,为缺失的偏旁部首
找到正当理由。当黎明出现在
窗口,我跑步就不会降低身份
你说高粱的爱情不只是地理概念
借助一口窖池就能取出火的肉身

被夜晚抛弃的树长满风的呐喊
关上门,我让寂静一个一个离开
大地的裂缝不再有荒原,你只需

石碑和文字就能为汉唐找到出处
他心里没有边界，酒杯就能把
不同类型的文明拾起
尽管青铜睡得比所有的火都沉

麻雀的嘴唇停在屋顶，每一道褶皱
都像身上的沙子。崭新的伤口
还在日子的乱石堆里呻吟，火的
灵魂已回到水里，柠檬在另一种
光中化成灰。五花马千金裘
他的家愁我的乡愁。夏天结束
连同你还没来得及隐藏的孤独

9

通往屋顶的道路在凌晨关闭
大雾从河面起身，不给人与鸟
喘息的机会。远和近都在隐身
每一层楼梯都很镇定
每一张脸都是需要安慰的灵魂
途中的那些景物毫无风水逻辑
山坡在穹顶下汇合，垃圾与理想
都被缩小在海报上，没人会注意

麻雀对这样的安排没有异议
久居城市的森林,脚下的沙
身边的水,时代的钢筋水泥
被雾霾暂停的时间失去下午茶
大概率只有沉沦或者颓废
星空和银河无法与岩石和解
摇晃的屋顶即使风停了
闪电也不会解散,习惯也不会改变

人性的弱点经不起核酸三天两检
即使所有的门槛消失或站立
有件事情是确定的:这世界活着
并且朝着昔日的河流倾斜
你在口罩的距离里洞穿时光之墙
严厉否定船想要的浪花与港口
他手握冥币,等走廊从暗处蹿出
看看时间能否以旧换新

10

到了这把年纪,街道和树木看谁
都不再低眉顺眼,坐在网约车里

和坐在商务舱里都不是人生大事
隔河相望，麻雀不在抵达目的地
就在逃离出生地，屋顶上的牛郎织女
哪怕背了处分也要抱紧各自的身世

月亮弯弯，这是云杉和冷杉的态度
也是群星颤栗的手势。屋顶灌木丛
总想摩擦出火花，像沙子跌进草丛
吹着风，任何好话都不能复活身体
的血。蓄谋已久的雨水省略了阁楼
逼迫我们点赞分享山水的插图

麻雀在流量带偏的暴戾中重新排序
他还在屋顶搜索偏瘫的手机信号
你文尾的评论区已满是污言秽语
黄昏的帖子又在曝光夜的隐私
我微笑着允许这条河熄灭船帆
哪怕风已掌握了足够的证据

乌云的理想不过是让天空变得更干净
躲在树下的麻雀偏要暴风雨硬着头皮走
屋顶截屏了更多的抱怨、更多的鄙视
猛兽、夏天、疫情和少量房间

用前排肩膀上挤进门缝的灯光做证
人品在青铜上裸奔，真相在镜子里破碎

11

一定是长久的凝望打破了屋顶平静
麻雀喜欢的小桥流水被道德遣返
烟头以肉眼可见的速度弹开天空
光阴在地上因害怕而陶醉
四季轮回，黎明统治了快要结束的
缘分，人性的弱点被台灯照亮
屋檐落下的每一滴雨都字正腔圆

大理石的墙壁阅尽沧桑只说出海岸
靠近看，全都是泡沫的分界线
一笔到底的痛快不是生活的日常
就像汉字从不老实待在方格里
随便一个姿势就能突破美学框架
家谱与胎记在各自的命运里起身
却又在无路可走时保持密切联系

无论他隐忍退让还是你锋芒毕露
现实的跳蚤都把难题都写在脸上

即使大雪封门,我也会把最后的快乐
托付给暑热中的一点微雨
灯亮着,晚熟的人就不会在屋顶下跪
香樟木就不会在山坡上对世界绝望
我们在敞开的门槛上逐渐有了耐心

12

终究会死在这里。倾斜的屋顶上
走完过场的三只麻雀,有不少
疑问和破绽值得大雁去深究
值得山谷以外的森林来夺取
风暴已为鸟让出林荫道,死亡注定
在仪式之外,不希望我们碰面

我理解的屋顶,不在城市的高处
也不在你认知的胡同里
更不在忧郁的帆船上。生老病死
没有一种声音愿意遵循共同的标准
只是骨头这把利剑,总想
尝试在世界的厚度中把光芒打开

顺便表达屋顶对河流的不满

因为草里有深刻的道理,麻雀有
受伤的春秋,阴影不再前行
阳光遇树就会慌张起来
无论你是在散步还是在写书法
一种崭新的寂静通过文字被发明

不用羡慕死亡有惊人的青铜之美
石头也有巧夺天工的大智慧
三只麻雀扇动着翅膀卷起风暴
让暗夜疾行的荒野垂直于满天星斗
屋顶上,明月咬住泪水的短松冈
只是楼下那么多人,夜不该对窗用情

2021年10月23日——11月2日一稿
2022年9月5日——7日定稿

分水岭

一

最初的岁月。天空只有雪山那么高
无所事事的旷野推着光阴折返奔跑
隐藏云端的雷电不小心打了个响指
旧年的积雪便大面积脱离山体
把自己的影子向查真梁子移动过来
或许是高原缺氧,或许是缓冲地带太长
绵亘百里后溃败为河流、湖泊与沼泽
氆氇的手臂轻轻一抖就为众水理顺方向:
北面的梭磨河经大渡河汇入长江
南面的嘎曲河婉转迂回注入黄河

成为牧区农区之前,鹰的眼睛里只有
金梭银梭在编经织纬,沉默的大地只有
占老的风在吹拂,动植物的来路与去路

还在河流与泥土的边缘辨别方向
不是洪荒的困顿磨砺着分水岭的耐心
视线所能及的距离里,阳光还在三米外
天际中只有一种声音高悬群星坠落的夜晚
野草的出现意味着盆地与高原握手言和
月光偶然闯入时间门槛上的石头阵
只剩下沉重的头颅和变慢了的手势

二

隐遁其中,分开的是水分不开的也是水
那么多的水阳光一样俯冲下来
大地怎么斜怎么流。在每一个河湾
怀抱的地方,无论长江还是黄河
都止不住热泪盈眶。拒绝平淡叙事的
河流啊,在每一个黎明与黄昏致敬
永不褪色的声音。那是最初鸟叫的声音
落叶的声音细沙的声音也是水滴石穿的
声音。岸边成片的经幡透出几分神秘
暴雨弄乱的草丛让天空同样有了存在感

当陶罐和青铜从沉睡的大地苏醒
祖先的生活日常不断刺痛我们的眼睛

一个个陌生的地名厘清着文明的纵深
仰韶、马家窑、二里头、良渚、殷墟
营盘山、宝墩、三星堆、盘龙城……
游牧狩猎占星冶炼铸造膜拜衍生
了不起的文明图景沿着大江大河
轮廓越走越清晰脉络越走越年轻
那么任性地，重构了大地的轴心
也使所有的文字不至于沦为一盘散沙

三

不再是一盘散沙的何止文字的龟甲兽骨
挣脱死亡束缚的峰与谷、石头与风
为了火焰重新穿越水的伤口赤裸的土地
在泡沫回答之前，阳光来到三米外
唤醒分水岭上身披氆氇的日月星辰
让象形写意缀满动物和植物的花纹
不知疲倦地为棱角分明的事物解梦
让孤独保持清澈明净，让高处的阳光
保持自由，让开裂的大地承认时间的重量
让码头比所有的灯火都睡得沉

只留下辨别方向的船舶在岸边指出

秘密天穹，指出道路沾满泥泞的血液
就是治愈不了跌入沼泽的庞大梦境
荒原头朝着荒原在冰冷的大树下徘徊
不多的星辰吵不醒月亮湾的宁静
河流的侵蚀山坡的剥蚀让平凡的土地
翻不了身。文明深埋地下
每一次都靠意外的锄头结束中场休息
一个完整的过去咬紧牙关就能拍打黎明
散落一地衣衫褴褛的身影

四

衣衫褴褛的身影被迫从河流的下游起身
转战赣江湘江乌江赤水金沙进入大渡河
沿梭磨河一路北上。闯过瘦金体的激流险滩
哪怕铁索失去木板、雪山埋葬膝盖
也阻击不了心中的那团火越烧越旺
这把曾经烧出陶罐烧出青铜的火
如今正燃烧黎明前的黑暗。火把照亮的
脸庞，告诉历史和未来人是什么模样
这世上没有一条河流是重复的，也没有
一座山脉是可以替代的

一棵树有一棵树的方位，也有自己的立场
阳光还在三米外，逆流而上的身影不断抬高
海拔，辣椒确认过的嘴唇承受不了眼泪的告白
在心扉敞开的那一刻，月令和时节在瓶中静养
抵达下个渡口之前，把这辈子的委屈全都
付之东流。只有分水岭上的红柳知道
结束比开始更痛苦，放弃比前行更艰难
吻过淤泥爬过陡崖的人都知道
希望属于自己的感受不属于别人的看法
即使有措手不及的青苔有避不开的遍体鳞伤

五

从一条河进入另一条河，死亡不再那么庄严
生存的无用像影子一样匍匐在大沼泽上
日干乔的饥饿与疲劳，烈日和狂风暴雨
折磨着从长江支流逆流而上的瘦瘠身躯
死亡不断缩小包围圈，影子的利刃拉长悲伤
藏蒿草、驴蹄草、青稞粒、马尿都是救命药
他们往前走，"无垠的泽国"天却不亮
一个人的生命丢进去，转眼就没了踪影
不近人情的泥沼里潜伏着太多的曲折
被冻伤的小战士只能活在红柳的身体里

红柳看见的七根火柴、金色鱼钩和公粮
都在尝百草的嘴唇下把危险留给自己
梦境一片混乱，醒来阳光还在三米外
朦胧暮色和清晰可辨的晨曦没什么区别
长时间做梦恢复的体力高挂在云端
引路的通司用眼光纠正蛮荒欺凌的身体
让那盏始终低低亮着的灯挣脱黑暗束缚
蹚过草甸的绝境荡气回肠地严厉否定死亡
于是松潘之外有了红原、若尔盖、阿坝
作为目击者的分水岭，仍在守护那些英灵

六

当山的众神和河的众神打马还乡后
北上的火焰跳出沼泽的孤独和痛苦
从长江流域进入黄河流域再下江汉平原
像一个被梦见的人苏醒了，嘹亮的灰白
重新用食指拾起大地的骨骼和眼睑
一头牦牛闭上眼睛也能触摸城市的心跳
抵达时间深处的火焰将所有的好日子
交还给温暖和百感交集的旅程
时代的洪流推着每个人在分水岭前做出选择

就像最高音和最低音没有过渡直接进入峡谷

身穿五彩霞衣的分水岭,注意到河流的叙述
从东到西的跋涉不过是为了从西到东的俯冲
阳光的俯冲,像鹰的翅膀掠过石头和风
接下来的每一个字和每一个标点符号
都是盐和铁的种子重新落进光的大地
用泥土和阴影唤醒青稞缺席的山坡
黎明就要在高寒湿地的睡眠上重新绽放
阳光理解的传统与创新,隔着三米
就能从走廊里分出红墙上的水槽和风灯
透过岁月照亮细雨中的分水岭

七

属于尘世的名字试图抛弃树与沙
静止的天空下,阳光还在三米外
毺毺铺陈在被风搬空的分水岭上
索克藏寺背后的山坡看见的那条河
在天边的大草原上走出阴阳乾坤图
一曲二曲三曲之后依旧是整个自然与
整个原野——清澈让人忘记它广为人知的
名字。生活因为有了玛曲不再那么艰辛

格桑花因为有了河曲马开得更加自由
红柳和丹顶鹤每天都渴望黑夜来得晚一点

锦鸡和野兔能抖落身上的雪却抖不落阳光
倾斜的草坡上白塔和经幡让落日的胸襟
更加开阔。心有不甘的渔舟与水鸟
成为岛屿背水走过的弯曲身影
放不下的压力都在转经筒里显现消失
帐篷升起的炊烟紧紧抓住山脉的褶皱
尽管它终究会熄灭，颤动的火焰也会
进入另一个身体另一个梦境
尽管它们说着各自的方言，却从未离开
母语的故乡。沧海桑田不过是岁月的分水岭

八

阳光再次来到三米外，往事再不用魏武挥鞭
游目骋怀的分水岭打开"宇宙中的庄严幻影"
把九曲黄河缩小在唐克第一湾
让每一个走进的人都可以静坐下来用心倾听
古老的河曲马开始在雅克音乐里世说新语
河里的大嘴巴鱼重新回到冷水的身体里
养蜂人追逐的花海在俄木塘散落一地蜂箱

湛蓝的天空下鹰的翅膀缓慢丈量草原的辽阔
帐篷和牛羊都是大美风景的表演者
"藏家乐"把这里的幸福分享给四方来客

古道西风压低的晚霞映红了阿妈的脸庞
篝火推远山的轮廓，寂静的声音在草身上
躺平，你看到的人都明亮地走着
当飞机的轰鸣把松茸和牦牛奶送到城市餐桌
红原和九黄两个机场彻底让分水岭闲下来
遍地生长的红柳毛茛绣线菊成为一道景观
在天空永恒的静止中保持高低起伏
让长江与黄河舒展着自己的澎湃与豪迈
让大地不再有缺席的树缺席的潮汐——
只是面对分水岭，总会有一种言说的冲动

      2021年3月22日星期一凌晨初稿
        4月清明节定稿

马蹄铁

最终他们将不再需要我们了,那些早逝者
——里尔克《杜伊诺哀歌》

1

那时候,接骨木还没开花,凤凰还没
找到梧桐树,马的铁蹄还在风中积蓄
力量。半野生的秘密都在草的根部隐身
一个家族的血缘密码一个王朝的精神密码
都在死生契阔的大地骑马射箭与子成说
蓝色天空下,黄昏与黎明一点儿也不谦虚

杂草旺盛。马的来路和去路都没有声张
不同肤色的马,追逐着风的青春草的青春
满山飞奔。要流还没流的河
要飞还没飞的鸟,要开还没开的花

都在风霜雪雨中脱胎而出。听得见呼吸的
节奏,感受得到脉搏的跳动。时间外表光鲜

2

世俗的束缚由来已久。山鹰与银蛇还在
开阔地对峙,人的到来打断马的前世今生
他们到底是些什么人?一句话就打开大地
尘封多年的往事,仿佛预先创造了一个
数学公式,向地上的真人实事笼罩过去
即使青铜和陶瓷也证明不了它们的身份

从长时间远距离看,每一个跌落马背的
名字,最突出的是保持了同一水准的淳朴
不得不说,气温的每一波操作都像在
赶作业,赶江山社稷的作业、赶雪泥鸿爪
的作业。马的语文四海为家也没有家
唯有在风的尺度里保持线条的杀伤力

3

接下来的大地向南倾斜,37摄氏度体温
已不是秘密,十五英寸等雨线分割的

南方北方长时间对峙，只有风在马的
残影里换算时间，名士和强盗在关山
游荡，羊群在天涯画着洁白的句号
黄昏与黎明，任何时候看都在以旧换新

比起木头上刻记、绳子上打结
历法用数字保存和管理着过去与将来
借助一支笔，谁都可以在马站立的地方
区别出山川河流与人世的悲欢离合
只要宁为玉碎不为瓦全的琴声不起，就
不会与天边的一粒沙脚下的一棵草绝交

4

月亮的阴晴圆缺在马的身体里长出树根
厚德载物的大地已丈量不出空间的长短
草原也不知道自己站在了沙漠边缘
就像明天和意外，你永远不知道谁先来
只是马蹄铁还年轻，大地怎么斜怎么飞奔
鞭子怎么挥怎么飞奔。游目骋怀信可乐也

于是有了胡马窥江，于是有了马革裹尸
地球越来越热，血却越来越冷

缰绳和嚼子紧紧攥着马的把柄和痛处
连软肋也被铁掌套牢。白骨露野的大地
阳光刚好走过了一点。似曾相识的
废墟里,掩埋了太多相濡以沫的身影

5

纵横天下,天马行空马踏飞燕都不是
马蹄铁的理想形态。群雄割据的时代
只有混血的杂种才具有持久耐力
一匹马的威名让长安城的皇帝动了心思
收集良马成为事关国家存亡的当务之急
无法确定,因为马的传说完成对路的命名

武力之外,揣金带银的使节挤满阳关古道
丝绸与茶叶的故乡还望不到花楸树的影子
鲁班门改名金马门,葡萄命名为马奶子
宫廷和贵族以此来确认自身的优越感
谁又在乎士兵从废墟里伸出来的那只手
在地下倔强地诉说着对人世的眷恋

6

殉情与殉国都值得尊敬。士兵的生命
得不到应有的爱惜,他们也未必懂得马
低头思故乡的大意。日行千里夜行八百
不过是沽名钓誉,文化的价值就在于没有
更新联系人,你有你的泰姬陵我有我的
莫高窟,筷子和刀叉不过是吃饭的两把刷子

对权力的把握和拥有,不是一匹马的逻辑
即使马蹄铁把天空踢碎,也止不住
真理的节操在国事飘摇里感叹怀才不遇
帝国之外发生的那些事,都不过是在
以道德的名义简化历史。继承天命的草原
在中世纪的某个春天的河边揭开世界史序幕

7

怀才不遇的岂止赵钱孙李,一条河流
也有前途的困顿。征丁抽税的南方北方
长时间以个人美德代替法律的口头禅
即使某人独具慧眼也无力把历史提前千年

将军的马鞍已过江，留给江东父老的背影
剑刎不倒，风吹不倒，血拽不倒

亿万不识字的农夫在理想与现实的落差里
种粮食摆地摊，卖瓜卖果卖儿女
生存的压力火星一样散落民间，陈胜吴广
雨中反水，水泊梁山武装聚险
苛政猛于虎，货币贬值超过三百倍
刀剑滥竽充数，发霉的豌豆哪守得住城池

8

攘外必先安内。河流的抵抗一直在继续
以战养战一直在发生，莫须有的罪名
说来就来，僧道高于官吏儒生低于娼妓
出家还俗丁忧起复都不过帝王随口一句话
前方吃紧后方紧吃的现象一直在重演
孤掌难鸣的烽火台哪能不交出印玺和图纸

偶尔出现的文献，也都和紧张联系在一起
当席卷天下的马蹄意外止步于一块石头
划江而治只是他们暂时的权宜之计
放浪形骸的崇山峻岭刚尝到权力滋味

附庸风雅的暖风又在马蹄中破碎
这一次失去的就不止人花独立燕雨双飞

9

没有人不把黄金当货币,新朝把前朝
底账照单接收。河流的训诫和明主的抱负
捂不住丁税、地税、夏税、秋税装满贵族
的宽袍大袖,石人一只眼就挑动黄河天下反
财政破产临阵倒戈,江山又在马蹄声中离乱
城池和桥梁再次成为他们额外增加的财源

宽慰驿站和篝火的马头琴到底不是思想家
金面具背后那个手段灵活的大政治家
一心想为自己在事端中找一道挡箭牌
他留下的传统除了提倡写新字说新语
就是让秋风落叶站出来为历史顶替罪名
下一个身体长刺的人必须要有铁的手腕

10

铁腕开创的江山如果扶不起河滩那团烂泥
再好的小桥流水人家也会是枯藤老树昏鸦

中兴变法只是穿了件移花接木的外衣
在整体的轮廓清晰之前，没人知道自己的
余生不过四个温暖期和四个寒冷期
帝王的家法和心肠都端着尊卑长幼的序次

岁月能篡改大地上的事物也能篡改命
但是没人能把语言的隔阂从水和油中分离
长路和鸿沟都需要中层传达到民间
黄河只有回归故道才不会被群山坐牢
历史只有回归正义才不会有更脏的水
生活离不开叹息，没人把花木兰当外人

11

从长时间远距离看，黄昏与黎明中间
不过横亘着一个黑夜，隆起的峰与谷
都逃不过宿命。江河日下的世道人心里
只有汗水在搭理马蹄和弓箭的青春
朝堂的阴谋诡计留给太监去心有余悸
脱籍改行的书生只需知道对手的背景

当瘦金体的月亮将凉州城的孤独坐牢
将军又带着御赐美酒和厨子驰出城门

一门心思在马蹄铁的黑暗里开疆拓土
如入无人之境,强势得一塌糊涂
透过一管毛笔,马终于看清眼前的事物
当年百战穿金甲的伤口今天还在流血

12

那又是些什么人?鞭子能清空重山条江
却止不住长云暗雪山。大雁的秋千下
汉家美人出塞了,迢迢长路、滚滚红尘
揪住人心的忧患,即使大雪封门也扶不起
家书万里。她身后民族团结之花世代盛开
只是庞大的和亲队伍省略了马蹄铁的背影

字里行间,疾风劲草终于没有再交白卷
质地均匀的荒山寒岭虽有雕栏玉砌的伤痛
马的失眠却有了真水无香的依据
任何时候想起都会野火烧不尽春风吹又生
世袭的忠诚不过是从一匹马到另一匹马
没有边界的心软只会让疼痛得寸进尺

13

二者择一的世界必有悲哀,这悲哀似乎
也包含在从膜拜到把玩的青铜与神鸟中
就像手握救灾文书和手握贵妃荔枝的人
到底谁跑得更快?他们的抵达不在于马
也不在于路,在于谁的鞭子抽得更狠更体贴
还有鼻孔雨点拍打灰尘扬起的气息

凝视久了,马也能包容草的所有委屈
也能抽走每个人做梦的梯子
秋天如此广阔,恰好是没有城墙
人世如此辽阔,恰好是脚下有草
天边的水和沙,保持着价值审美的淳朴
无字碑对后人评说有着非同凡响的自信

14

检讨时间的烟雨,哪怕浑身上下充斥
逼人的野性气息,也止不住老之将至的
嘶吼与长啸。管他九重塔楼八声甘州
马作的卢也会在三千丈惆怅中败下阵来

历史的边界从来不在地理上而在文化里
放不下的杂念都是被一头长发所累

大音希声的时代,没有石头喟叹英雄气短
国破了山河在,白驹过隙后泥入大海
所谓知音,都长着一双望梅止渴的眼睛
从多元到多源,人没了文化就断了
比羌笛更悱恻的古琴想要清丽脱俗
必须面对白雪移不动窗格上小块月光

15

贫穷和富有的人啊,有谁知道马的
去处和归宿?马蹄和刀剑打下一个个
界桩,传统岁月检讨的荒凉
不过是纸上的宫殿消失的夜航船
藏在洞窟密室的经卷早被马蹄银交换
被隐去的悬念像五百年前一样均匀呼吸
不说话,不表态,不承认,不奖励
花楸树想用这种方式否定马存在的意义
地位的尴尬、内心的苦楚都交给琴声和酒
安慰。奔跑吧兄弟,顺便甩他们一鼻子叹息
马的生命草的生命早与大地隐秘相连

他们眼里的黄河最远只到过白云边

16

下马解鞍，夕阳被隔离在另一个世界
草原上的月亮还在，俗世的烟火让每一张
脸都光洁如新，有人守在电脑前等一更二更
有人在丝绸之路上捡到逸闻趣事的真迹
疯狂的波罗忙着在地图上寻找自己的足迹
放不下的杂念都是被他那头长发所累

探险家的眼神难赋深情，所有生灵都得到
体面休息。马放南山的标配是听见自己
流汗的声音，再多的唐诗宋词也安慰不了
秦皇汉武余生，河西走廊的风沙再也阻止
不了穿越，高铁把眼前的事物都推成远景
忘记时间的城墙让过客莫不低头怀旧

17

珠峰向长春移动发出深沉睿智的人生感悟
时代的花瓶却从来不检讨灵魂来自灵感
马走千里物走千年苍生的问题都迎刃而解

柴米油盐在任何时候都是生活的必需品
安静的村庄，廿四节气只剩下一个清明节
它们的高生育率一直在抗拒高死亡率

时间回头，跌落马背的名字都是一本书
寄宿的客栈打开就是一个景点，喝过的
夜光杯在西市拍卖会上一路水涨船高
即使心里不痛快也不和乐府那帮人媾和
在死亡的弯刀上跳舞，谁不会吼两嗓子
那份对山川的旧情足以澎湃血管的声音

18

十里长亭的椅子已没有刻骨铭心的靠背
劝君更尽一杯酒的才子佳人已在岔路分手
看不到历史纵深又怎配为历史牵马坠镫？
马的路上没有欺世盗名没有叛逆和不安
只要风一声召唤，失散多年的老伙计又将
重新集结。尽管它们投下的身影越来越小

尽管怎么跑也比不过四个轮子的钢铁侠
身上的古典气息怎么迭代也赶不上趟
路的宏大叙事仍只截取了河湾一处。走在

自己名字的路上，四蹄里满是尴尬和歉意
铁的内心褶皱只有在一张纸上起伏喘息
马的鬃毛马的肋骨马的方向才会眉目清晰

19

崎岖的山路上，被枯树压低的创伤已找到
墓地，挑灯看剑吹角连营的一世功名
也已化身城市雕塑，途中那些理想河山
都已在时间和空间的卷轴里删繁就简
陌上重逢的意义仅在于风按下了暂停键
天人合一，马从不会将自己归入某个阵营

从长时间远距离看，再好的基因组合
也排不出野渡死不悔改的风月情怀
检讨从前车马慢的幼稚和单纯，都不如
专注于眼前的河水与天光。刀剑的傲然
被毛笔软埋的时间都已连根拔起
身体最柔软的地方恰是最硬的地方

20

胡杨瘦出腰身，地平线的日落也会有所

顾忌。悬崖能勒住缰绳黑夜能肩住闸门
神话和传说、冲突和对抗都已与子同袍
即使花楸树的嘴唇开满鲜花
也阻止不了被头发所累的时间站起来说话
人和马最好的结局都不过是一抔黄土

在速度、力量、视线所不能抵达的地方
黎明出其不意地与黄昏的方向保持一致
既然地里的石头都能和青铜一起生长
掩卷沉思的身体只需面对自己就可以了
等到那些消失的名字从古道西风中归来
请听我口令：带酒的出列　打铁的继续

2020年4月19日一稿
5月24日定稿

山 海

一

宽恕完河流的罪过,眼睛找不到
栖息的梧桐树。退后三米,依然是
涟漪未平。顺手的地方,
怀抱锄头的人匍匐在地上感知世界。
庄稼从一块地抵达另一块地,落差
不超过三米。桂花的感伤与眩晕,
在风的括号里大面积后退,山脉与流云
配合得天衣无缝。符合审美趣味的杨柳,
看似平常的偏旁部首,在河水不经意间
穿插出丰盈体态。

谁都不想在雨点千行下躲避宿命。被
时间充满的局部永远是长亭更短亭,
下山很久了,我还能听到他们的心跳

与喘息。理想和垃圾被一键清空，
报应和真相迅速登上热搜，否极泰来的
倾城之恋，感动着别人也感动着自己。
是时候拿出吴茱萸苦杏仁的病历，安排
下一阶段的生活。滑雪场的青春全都被
船桨所误，一盏孤灯就能收走途中的
流水与天光，楚辞汉赋从不打瞌睡。

二

波涛拥挤着波涛，没有钟声导航的船半夜
靠岸。夜晚写给落日的跋文字迹潦草，
我还是喜欢瘦金体的河滩世说新语，不用
退后就能掏出荷花鲤鱼的陈年旧事。
月白风清，一杯浊酒扶起三面朝水一面
朝天的生活语境，艺术当然不是锁在抽屉
里的那封信。风帆上的悬念早已被赝品
破解，所有的混沌都指向清晰，
放不下的杂念都在晨曦与露珠握手言和，
属于山海的春天又回到大地眼眸。

横向展开的万物近在眼前，如同当初来时
的模样，如同放大镜推成的远景。

常识往往藏着不为人知的曲折,比如
闪电和暴雨诅咒的河流,从头到尾都在
纠正身体的糖尿病。夜晚遗留的汗渍,
在河水的抚摸下失去出生地。
从茶叶到书信,时代的花瓶逃不过宿命。
皮肤上不规则的印痕藏着前世今生,如同
河流的皱纹藏着无奈与悲慨。退后三米,
我把目光端放在梅兰竹菊的椅子上。

三

是时候一个人出发了。一条河一条船,
沿着花楸树赞美的黎明与黄昏出发,
村庄与城市提供了一条可供追忆的线索,
还有来不及发生的反省与体悟。
驿站由不得自己掌握命运,瘦金体的江河
偏爱隔岸观火者的鲜明个性,江风不用
低头也能跟着拐弯。裸露的岩石风化得
太慢,杂草和云杉只能绕着山腰爬行。
珍珠玛瑙整天大门开敞,漫山遍野走着
灵芝虫草的故人。

被误解燃烧的内存深度加速,这无法

逆转的旅途，犹如一粒沙走进沙漠，
我不确定，眼泪问开的花朵生活在云端
还是在翅膀上。报喜不报忧的褐色鸟群，
把更大面积留给天空，每一笔都是对未知
世界的精确表达。被安排的星宿与祭坛
占据着西北方位，时间界桩只能画出地狱
与天堂的等高线。面对这条我们不可能
两次踏入的河，晚熟的人和晚熟的稻都在
光线里下跪。

四

打开经书的河流感情生活一片坎坷。退后
三米，十月的枝头只剩石榴高过大雁的别离，
悲痛几乎让杂草窒息。高门大院的宫殿已随
世道衰败，城市的命运已从动荡中醒来，
事先预警的船从污泥中露出桅杆，倔强地
守护着雕花的门窗，直到菖蒲长出秋天的黄叶。
与风对话，山中灌木从不给人让路。
在开启痛击心肺的重逢前，我必须适应少了
一个人的生活，必须保留房间原来的模样，
不让灰尘杀死牵肠挂肚的旅途。

掘地三尺的大雪把时间涂改得面目全非，
青山与小楼还在守口如瓶。旺盛的青春
映衬着死亡，即使止血钳也无法愈合
大地的伤口。耕地和房屋占据从前的航道，
植物正在下载泥土的高危隐私，那些正在
删除船只浏览的痕迹。那座大雪妥帖保管
的城市，反射出清脆而整齐的光辉，
出城扫墓的人在幻想的世界里生存，并把它
当作全部的真实。所有的目光反向张望，
船的灵魂只有通过水回归到永恒。

五

风从哪里来哪里就是诱惑与欲望的家，
像从前一样熟睡的人都在等着爱情醒来，
那么多鸟群从身体起飞后就没再回来，
线条的黑洞里不只是跨越时空的对白。
大山松开清风明月，再也触摸不到亲人。
堤岸看了那么久，河水的心情并未好起来。
即使偶有灵光闪现，也只是看到自己在大地
奔走的困顿。翻山越岭寻来的不同意见，
让日头的宽容付出了生命代价。山海无语，
茶树多情，很多年没有这么浪费时间了。

最好的年华都在随手点赞的半道上休息。
群山鞋底滚烫，路过泥土的叹息。
掩盖真相的借口因为一滴眼泪，不得不重新
发送验证码。人性的版本太低，
即使堆满枯枝败叶也烧不出矿物质的光芒。
眼前最后一个亮点消失，变成谁都无法穿透
的黑暗。在这狭小的空间周旋，
不难想象活过的每一天都经历着凌迟的推演。
被热水切薄的身体剩下的都是虚名，河流知道
那么多秘密，却还要写下不少于八百字的说明。

六

酒意正酣，没人愿意离开屁股下的热板凳。
大山不会因为刀削斧砍放弃攒足体力，
海水不会因为后生狂妄停止蒸发，死亡不会
因为手里的急救包停止步伐，损失了好名声的
道路越走越窄，这个责任非我莫属。
退后三米，只有花园才能囚禁女人的身体。
日历从来不会石沉大海，天一冷衣服就薄了。
秋天的立场转得飞快，老中医一根指头就能
把脉姻缘。捍卫书店的读书人，从屁股到脑袋

都不准备认输。

我们所有人的努力,不过是在悬崖把门打开,
顺便剔除琉璃黄瓦挤满门框的神秘色彩,
不让河水的泡影屏蔽掉生活的日常。
天使与魔鬼坐在人情如纸的船上,一个年轻
的模样漂浮在水面上,我希望他是三岁时的
模样。在河流这张白纸上谁都想一吐为快,
只是考古无法丈量情感的深度,热泪纵横
收纳不了河里的一张琴一朵云。被安排的
村庄与码头,说句悄悄话都得用喇叭喊出来。
寺庙里的香火、退下去的潮水对喧闹无动于衷。

七

往返这条河流,人被洋溢卑微的面庞照亮,
执着和耐心失去边界,寂然便专注于恬静,
月落荒寺的断墙残壁,细腰在低处守着
道德的清规戒律,贞洁牌坊的片刻失神里,
痛苦凝聚着每个时代的孤枕难眠。
即使城市开始取代山林,简洁灵动的家具
也阻止不了水波摇晃岸边的沙地。
纸背纠缠着无差别的自由、安宁和欢愉,

每个人都有自己不可更改的行程和死亡，
私人关系再好也唤不回箫鼓楼台一晌繁华。

今夜，我用高槐深竹解开幽黑轩窗的心结，
散乱的时间像旷野上刮过的风，在历史的
分镜头里出演反面形象。沉浮与枯荣像是
得了传染病，哪有闪电自天而降，
哪有滂沱大雨秋夜开闸，逆流而上的河流
全都被沧海桑田所误。岁月的颜色就是
青苔的颜色，每看一遍都令青铜自惭形秽。
岸边的淤泥克服着时间的易碎性，所有出现
过的人物和事件都在地面结出花朵与果实，
在无法确知的深度，小心呵护细小的神经。

八

古迹遗韵无法确定河流的来路与去路，就像
山海一时无法确定自己身在何处。假如细碎
的波光就是已逝时间的总和，残荷也会有
酸楚哽在喉头。心中那团火烧得实在难耐，
客居他乡的穿堂风大概率不会熄灭，即使
迎面走来也会隐瞒身份。今夜我们不弹琴
也不谈理想，白天失去的都能在梦里找回。

墓碑已准备好悼词,大海还没准备好墓碑,
这个时候要是没有酒精掺和,会是多么乏味,
多么引人注目。

脖子上的佛珠安顿着现实中不可能的相遇。
播种、生长、成熟与死亡的轮回,像是
花开花落从不顾及个人感情。退后三米,
从落叶上走过的光阴不再更新联系人,
梦想凭一只桨就能去到任何想去的地方。
时间像风一样不设防,南来北往的方言
匍匐在河流身上,保留时代的体温。
在一个大家都不打算好好说话的年代,
未知放大了舌头本身的魅力——那些在
河面上消失的口音又在河水中回来。

九

动物和植物在石头里找到了存在感,比起
青铜的复制品人更愿意在黑暗里孤芳自赏,
所谓的风流倜傥不过是雨季不再来。
山的南面认真起来季风就有了使命感,大海
在舒缓与自由中起身,人生和自然的色泽
显露出来,说者和听者从来不缺认死理的人。

容颜本质上是把生活的应用场景全部过滤掉，
那个最好的自己一定是风自动云自飘叶自落，
即使借助另一个身体复活，也会把脸隐藏在
岁月的凉席下——离理想越远，离自然越近。

对这些生活在岸边的人来说，没有鱼腥味
的流窜作案，哪有青石板吊脚楼的延展。
退后三米，青山与夕阳就不会去献媚。
雕花的门窗从来不具备抗拒时间的力量，
黄昏与黎明看到的比带走的多。
热爱不需要理由为自己划清界限，炊烟的
原型无不渗透着汗渍和泥味，那份缠绵
看着让人心软。既然苔藓能在夹板的缝隙
获得生长的空间，倚门观竹踏雪寻梅的
青春也会在一分一秒中荒芜。

十

山海就是我们在镜子里确认过的眼神。
河流鞭长莫及的边缘地带，自有日月星辰
抚慰船舶迷失的灵魂，在春风又起时接着
颠沛流离。黑夜的宽袍大袖收不走所有的
汤汤水命，死亡不是对生命的最大限制，

至少大地会证明这条河这条船曾经来过。
比起打桩确证自己，眼中无物更能看清自己。
绝美背后的那份凄凉雕琢得再玲珑剔透，
也只是感伤的艺术品。我只需退后三米，
就能说出红叶的冷暖与深浅。

从指间连根拔起的过眼云烟，正向淤泥讨还
那些被没收的部分。山海寄不了的余生，
都在茂林修竹里信仰刀的哲学，重新死成
树的形状。时光并没有光，它只是一条泛着
光亮的河，像码头环环相扣从未脱节。
留给冬天的梧桐树都已被风解散，崇山峻岭
站立的地方，风花雪月看到的都是自己人。
始于身体终于身体的夜行船，拒绝雨过天晴
的大好前程。世界急剧缩小收拢到船身下，
我在船头甩了甩高贵的袖子：只有清风。

　　　　　　　　　　2020年10月3日—6日于三学堂

敦煌经卷

"打开它们需要极其小心"
——英国汉学家　吴芳思

一

是的,历史的天空绝不只有三角梅
在阳光照不到的伦敦亚非学院,一页纸
本来不会被我们看见,就像我和你之间
本来横亘着一个沉默寡言的木匠

还好,纸的灵魂不需要摆渡也不会出售
即使王道士的橡皮擦在洞窟密室放过了它
斯坦因也会用马蹄银把它送进大英图书馆
让这些"吾国学术伤心史"被我们看见

故国已远。敦煌犹如被时差颠倒的闹钟
你不得不与时间的泥石流来一场赛跑

让税单、合约连同佛经发出历史的声音
那是茶叶与丝绸的声音,散发着古老气息

二

这可能是你对那片戈壁荒滩唯一的兴趣
文明被写在山体脸上,历史被藏在密室
比欧洲早产一千多年的纸
被书写者遗弃给了时间和风雨

轻轻打开这些黑暗里散发光芒的纸
会听到迷人的声响,就像历史的声音
在时间的长河里回响。纸上敦煌
截住走过丝绸之路南北分界点的脚步

道士的脸上写满生活日常的焦虑
而你正困惑于听不到历史的声音
这些断章残卷聚集了前秦到南宋的嘈杂
佛祖和世俗大众都在纸上安详发出声音

三

这声音是风,是水,是人漠孤烟

中国人一千多年的日常生活痕迹
都被时间隐藏在这一万四千件经卷里
书写只是以转瞬即逝的方式呈现永恒

只要纸上的文字开口,执笔者就失去
自由,远离他的思想和身体
因为字迹覆盖不了历史的声音——
没有一个聪明人愿意以第一人称出现

守护这些声音显然是件危险的事情
因为它并不属于守护人自己
即使是强盗斯坦因也懂得分享
你为拥有保管过它们的特权感到自豪

四

说到特权,我想到了自私。比如爱好
文学与书法的唐太宗让《兰亭序》陪葬
永不消停的复制不过是文人为心病疗伤
质朴的文明在时间长河中失去本来面目

一张纸的命运不该由自私者判决
世道人心的凶残都与纸无关

它只是以转瞬即逝的方式呈现永恒
阻止人与物丢失于记忆和传说

纸本身没有精神也没有傲慢与偏见
时间悄无声息在上面留下痕迹
再多的人和事都能收纳于一张纸
我们只需要在上面把话说清楚

五

所以纸能掌管历史却不能掌握命运
能堆砌出一个人与物极大丰富的城
却不能还原书写者本来的面目
比如张择端，比如孟元老

人能走出地理迷宫却走不出纸的迷宫
从马可·波罗到博尔赫斯，他们都曾
试图甩掉神秘的追踪者，但最终
也只是在地图上画出杂乱无章的脚印

书写者可以说谎但无法封住纸的口
文字本身会失去方向但纸不会迷路
所以你有了质疑马可·波罗的勇气：

游记遗漏了喝茶、筷子和长城等事物

六

可以肯定,纸不会像白菜以貌取人
它只会向一个好奇多思的心灵敞开
如同声音只会向倾听者发出声音
迫使听到者重新审视自己的观点

这个世界纸永远比人了解自己更多
就像在漫长岁月里纸比人走得更远
从敦煌到伦敦,从书桌到图书馆
你时刻感受到纸尖锐的存在

决定人一生的命运离不开一张纸
或者说人的一生逃不过一张纸
不需要词语堆砌它就会夺人性命
在时间任意角落都会让第三者看见

七

纸的声音通过人的声音变成另一种声音
当声音落在纸上,我们是震撼还是惶惑?

如同屏幕上那页来自敦煌的《金刚经》
是洗去强盗的罪恶还是感激修复者的艰辛?

纸上的阳光雨露清风明月耻辱与怅惘
都在时间的长河里与因果善恶和解
无论《寒食帖》还是《富春山居图》
终能在时间的某个站台与你相逢

从前秦到南宋,从丝路到全球一体化
纸上敦煌从未走远。即使人和物的
原声消失,一张轻薄的纸也能将它还原
循环重生的声音不断改变着我们的声音

八

人的眼睛可以在经卷上不着痕迹
手中的笔也可以力透纸背
纸是如此吸引人却又如此无力
尽管它记录历史的功能正在削弱

存在于一张纸仍是大多数人的宿命
尽管你不是佛教徒,但只要经卷开口
仍然乐意从纸张上听到安详的语调

——没有比这更令人心旷神怡的了

纸上的声音和轮回令人如此着迷
尤其夜深人静打开空白的一页
谁都免不了有一吐为快的冲动
尽管你想说的一切都已发生

九

空白的那张纸是敦煌留给时间的飞地
当你从远方收回无所适从的目光
眼前真只有这个地方是最好的着陆场
透过纸背光芒,便知曾经心高气傲

读懂《金刚经》里大唐盛世的声音
我想你内心的苦难多少有些减轻
站在麦积山上,芬芳丝路又活了过来
守护这些纸的经卷,成为敦煌的女儿

阳光倾泻在七彩斑斓的山岩上
无数次照亮从伦敦到敦煌的旅程
一万四千件经书的血已经融入身体
无形中,你觉得自己的生命延长了

十

是的，能陪你到最后的也只有它们
这是你把年华献给大漠的唯一乐趣
修复整理归类挂网，敦煌迎来新生
并试图用浅显生动语言分享给世人

让每一个站在这些纸张前的有缘人
都会在心中找到属于声音的交汇点
只有倾听历史才会知道自己的位置
才会在往生中找到对抗死亡的力量

流逝的生命和记忆都在循环中永生
无论是开启密室的王道士还是守护
今生的吴博士，我们祖先的信息
都在远涉重洋的纸张上找到归宿

十一

如果你到伦敦，请给敦煌经卷
留点时间

　　　　　　　　　　2018年1月20日初稿
　　　　　　　　　　　　5月20日二稿

第 2 辑　组章

廿四花品（组诗）

感时花溅泪
——杜甫

梅　花

被风吹老的无力感，跌倒在冬天的
杂草中。梅树的身体藏不住事情
到了这个年纪，是曲是直，或横或斜
哪一种都千疮百孔，长路漫漫意味着
双重痛苦。上下求索
不如在一张纸上推出逆势生长的动感
剩下的余生大胆留白不序春秋

长街尽头，一窗疏影里也有伤寒论
离骚遗弃的子祠，撼不动老树
不可一世的金石之气。梅花一声低语

东风便从水面起步，用手指的肌肉缩紧
那些散落荒野的民生。似是而非的门槛
最容易违背黎明的初衷，明月什么也不找
没人的房间没人在意肩膀撕裂的清晨

只有江水需要人停留，逝者需要人叹息
一枝梅花还没来得及和所有的梅花交谈
蜜蜂就刺穿了暗香的黑暗与眩晕
未完成的光线拒绝盘桓在衣袖边缘
口语和方言保持足够耐心，克服远山
靠近桥洞的云烟。大地就像枝头的火苗
又潮又湿

2022年7月24日星期日

李　花

城市在街道和鸽哨的褶皱中躺平
递给春天的望远镜被季节拿反了
放大不了河边李花的一树白
石牛的眼眸只听命于茂盛的草
在一个落满灰尘的房间，消失的展览
与消失的建筑在低音中把门打开

为苔藓覆盖更多不被潮湿穿透的光线

脆弱的花朵找不到进城的道路
公园里的昆虫阻止不了阴郁的步伐
也还原不了路灯从零到完整的线索
满天飞舞的纸鸢阅尽繁花似锦
唯有今晚的月光里意象不再出现
孤独而深邃的蓝照亮枝丫分开的梦境
暗香在行人身上刮起风

山坡最终在眼睛的穹顶汇合
瘦金体的树，瘦金体的花
经受得住黛影起伏荣耀碎地
即使敞开的光嗅出某种破败气息
荒芜的居所也能面朝大海隔岸观火
我想起亲吻淤泥的那个早晨
俱为活笔的李花停下来等草先过去

2022年4月4日星期一

菜 花

高楼纠正了河道的弯曲。你能看到的
天空中,脚手架正在平复黎明心情
城市将仅有的春天交给河流两岸
白鹭站立的地方,堤岸让野草了无生趣
被旷野遗弃的菜花隐藏在乱石中
烧烤和冷饮的道路消失,蜜蜂注定不会
走出赶花人的蜂箱

三环之外是绕城,绕城之外是第二绕城
密集的桥墩示意风从城外走
天地无私,树林和飞鸟却从不在自身的
肉体上定位。这是菜花的私事
一切与道德无关的生命状态都能从水中
抽离,一条江水的规则就是把气味冲散
月光只是把花的颜色过滤

死亡一直都在。蜜蜂从不把自己当外人
因为落在你们身上就没有肝脏会喊痛
因为果实已经长满铁树。所谓花季
就是花的生命没有高低贵贱之分

河流记住了光,荒滩记住了影
菜花还在还乡的路上,即使白日将尽
春天也不会说出泥土的隐私。有时候
眼泪就能问到花朵本质

2022年4月5日星期二

杏　花

白也无敌。城市的春天开不出这么
有内涵的花朵。即使风行雨散
公园缔造出一个鲜花盛开的世界
没有山林草泽的深呼吸
哪怕庭前墙隅路旁水边遍植
崭新的面庞也带着人为痕迹
就连摧毁欲望的气息也弱下来

一切都在溃散,不在场的脸
永不复返的生趣
从头到脚都在远离窗玻璃的黑暗
与荒凉。夜间车轮撕裂的堤岸
拒绝刻在树枝上的一切翅膀
阴影抹掉燕子飞过秋千的界线

总有春雷握紧我与世界的疏离

掠走你的风雨被命名为天涯芳草
当青杏试图下载花褪残红的危险信息
洁净无尘的河之洲早在童年就结束了
眼前的立交桥翻转不动桌上的酒杯
抹不去的乡愁懂得怎样在你身上存活
火焰和灰烬拒绝和谈，更多可怜的生命
都将埋在这个春天里

2022年4月4日 星期一

桃　花

水浅危险。神秘的花朵都从河边来
听从风的安排，描了眉的精华
连雨水也去除不了她们的体味
加入群聊的每一片花瓣都血肉饱满
蜜蜂住在崭新的爱情中。即使
浮光掠影，停止的时间也能重新发动
可以自由地死、自由地生

这才是春天该有的样子。孤芳自赏的

路上，天边的云霞总在失去朋友
大面积的田野每一根筋脉都蓄满汁液
戴了三年的口罩在野生的树干上
仍然对疾病有着特殊的敏感
可以肯定的是，折柳伤不了春
黎明都会在有风吹过的地方长出来

离别的身体被江水充满。水深也危险
眼泪总会听从石头的安排
在这里的桌子上用跑步死给你看
桃花从身体里醒来，停留在露珠上
自带气场的一滴水从晨曦中起身
一个眼神就收走为你准备的那些词语
在新的枝头，给时间一点一点染上颜色

2022年4月4日星期一

梨　　花

足够你开，足够你在城市之外的
春天向前冲。在干墨勾皴的树干上
梨花的瘦金体没有丝毫迟滞
足够我在墙角与屋檐的斑驳里

收拾日暮笙歌。想起天下一人
留在石头上那些幸福的阴影
示意春风渐暖，百花将残

一朵花就是一面放大镜。春天被
分解成一个个单独的镜头
失去的映象都在热泪盈眶中激增
荷尔蒙。道路做证
犹豫的那一下就是感情的瑕疵
颜色失真，许多植物已不可辨认
只有我是你滚过枝头的浩大繁星

以及毫不怜悯的凋谢。恰到好处的
河流落下山坡，树的夜雨寄不了北
倒春寒并不代表什么，春天注定会
关闭身上所有道路。风从各个方向
侵入，令你有一个灿烂妖娆的背影
只有熟悉的人，才能体会你的
阴晴冷暖与万千变化

2022年4月4日星期一

玉　兰

季节有时也会迷路。没有风
萨克斯吹不出柳树的新媒体
围墙和口罩压低了城市天际线
屋檐下的春天就靠你了
哪怕笑声中浸透着死亡，草丛
让人窒息，透明的肺也要
一头跑进公园里

城市能经受住花开后的茫然
眼泪就敢于同你碰面
这世界的厚度最怕水滴石穿
只要不剥离与泥土的联系
你就能守住内心的底线
越是在高处，生命的余地越大
夜晚从不在乎路越走人越少

我们都在同一种光里见面
剩下的灰烬把火从水中分离
最终把树木和鸟鸣锁进桥洞
只留风的影子在你手上滚动

翻新天空中不灭的星辰

还有大地占有的水坑

缓冲地带，交给雨点去题字

2022年4月10日星期日

樱　花

不能再多了。这一百米河堤属于你

树枝的空间足够宽阔，道路足够

调遣风，浪漫或许就是这样

她闹就陪她闹，一把火足够有耐心

移动的脚步才会明天再来。把你

变成平静的相思

才对得起那些创造你的神祇

世界如此简单，堤上一棵草也没有

河水流走城市的前世今生

也流走你如花的年华，一百米距离

足够你留住石头的幸福与战栗

即使鸟的歌声什么也不找

短暂的眩晕也会涌出身体

从落英缤纷的台阶下到你心坎里

竹林的出现是个意外，春天解决不了
这些小问题。仿佛阴影撞在芦苇上
晨曦在枝头小睡了一会儿
肩膀上的黎明带着梦痕消失
无人知晓的树叶朝我们弯下身
在光阴拥挤的房间里
重新组合语言的节奏与色彩

        2022年4月10日星期日

海　棠

换个姿势说话。如果这株海棠
不同于海棠，闪电没有打开闪电
春天不在盆景里就在院子里
从未尝试过呐喊的夜雨和黎明
搞丢了该有的细节，沉渣泛起的
窗口，手指被燃尽的烟头灼痛
只有眼睛清楚风的粗大颗粒

当阳光的标点符号充满了色彩感
花开终于不再是一个尴尬的状态

长长的枝条弯垂下来，为道路
取代爱情提供证明。战栗不过是
现实一种，就算隔得再远
也依然绿肥红瘦。一切比喻和排场
都会对屋顶构成经久不息的引诱

只有保留下来的阴影部分属于动词
在白日降落的人为痕迹上违反初衷
一些零星的场景和刻骨铭心的温存
正被疼痛滞留在植物的掩蔽处
尽管泥土口罩蒙面也从未闲着
经过夜晚修饰的雷声踉踉跄跄而来
凉亭海棠醒来，从此眼里再无他人

2022年4月13日星期三

牡　丹

现在改主意还来得及。夜雨睡眠里
自然的膝盖从竹林一点一点脱节
牡丹从身体里醒来，停留在露珠上
没有过去，没有缅怀，也没有未来
色泽和品种一直推着园林的诗词走

这移动的地上满是交叉分径的光影
呼吸自己的脚步没人愿意放肆奔跑

被动取用的痛苦和孤独存放在高处
离开山林草木滋养的生命血肉
即使五官恢复了感知，也体会不到
田野颤动的笔触。现在改主意还来得及
断肠东风还在三米外，醒来的露珠
眼看就要迷路。艰难的清晨
为一张核酸证明隔离在公交车上

没有人观赏的花园，剩下的用途
就是听雨。雨点的边缘已有破损
连同花瓣的名声被芳菲压弯了腰
家家户户的经历大同小异
没有人敢把生命放到旷野去冒险
清零的枝头只有格局放大了
花朵落下来才会是花朵

2022年4月14日星期四

茶　花

我不跟你计较，是风在计较
那些习惯一夜返贫的风啊
骤跑骤停，春天突然断电
灌木的心脏处于极限负荷状态
变成我们挥之不去的阴影
在一个静止的天空下，伤口创造
奇迹，被开在枝头的花朵照亮

冷雨打磨的脸不再涂上颜色
捧在手上的目光更低
整理那无用的皱褶
大部分时候只会有一种茫然
别墅吹落后的树枝实在难看
面对自然的困境，谁都想把
自己的极限活出来

茶花在一个人的树枝上落下
一点血都没有流
寒凉的屋顶风感觉到一种悲壮
摧毁了那么多，孤独注定不会平静

正在完成的黎明朝着河流倾斜
重新给时间搭出汲水的阶梯
不让黑色花园转过身来反对自己

　　　　　　2022年4月17日星期日

紫　藤

一条藤蔓的规则与道德无关
阳光把气味冲散，蜜蜂一直前行
翅膀只是把花的颜色过滤
铁架在楼道口留出的空白地带
让春天的存在变成不存在
念旧的人走不出视线的盲区
因为阴影在网约车附近

闪电调整了一下夜晚的角度
白天回来了我却要失去黎明
完成接种的小区又恢复了广场舞
风吹过口罩结局也不会出现
枯黄的树叶只活在电视剧里
石头的冷漠都被朋友操碎了心
紫藤满架就是一个很明显的例子

以物寄情的月光拿掉了伤心
如同风跳了槽、花丢了魂
没人关心身体在哪双鞋中叫喊
比日子更低的日子不停给自己加戏
渴望被照亮，渴望被桌面分享
像极了居家隔离的我。在三月肌肉
紧缩的手指上，有多少答案正在赶路

2022年4月18日 星期一

月　季

叫不出名字就对了。从风被打断的
地方，跑步穿过竹林敞开的隧道
杂树无花的春天正在复制密码
地上有光，树上有线
公园长椅只留给健康的肺休息
做完伸展运动的低矮灌木
在路边打开蝴蝶翅膀

这是一个美可以大声赞美的时代
但是微信攥在手里减不了肥

只要花开还在，我就不断从人群中
离开。恐惧和孤独被无限放大
风把植物的那点情分全都榨出来
品类和特征只能适应生长环境
过低的天空装饰不了停滞的风景

一旦离去，熟悉的建筑就会成为
牺牲品。黑夜在雨中完成自我救赎
艰难的是这些弯曲的风
熄灭不了长在四肢上的原产地
除非一切溃散，除非俗得有底线
飞鸟的脚步更加深沉，在树枝中间
花瓶问过的门槛不再有白天

2022年4月20日星期三

苔 花

春天在晨跑的编钟和交响乐里
不慌不忙占领城市的边角余地
要是没有花开，哪有人间四月天
高楼的天际线不用问天
八九点钟的太阳也会让苔藓交出

最深的感慨。要是停下脚步
大自然就能悄然度过漫长的一天

一经认出就无法否定的颜色
一旦死亡就会忘掉的面孔
注定不能为青春命名的花朵
只出现在石头低矮的房间里
潮湿是世界上最明亮的孤独
野草意味着阴影不会迷路
健康的肺全都在高高的树上跑步

清晨的目击者还是个花骨朵
即使盎然怒放也只米粒大小
攥在手里的也许只是一个幌子
松开后风会一无所有，就像光线
拒绝在一张脸上同时安放黎明黄昏
不分男女的长椅收起自卑与沮丧
蚂蚁原路返回，哪还有什么知己

2022年4月20日星期三

杜　鹃

叫吧，相信你能把春天叫回来
叫吧，最好是隔着阳台让我听见
从日暮到清晨，月光一直都在
破旧了的嗓子破旧了的风
在我们不知道如何称呼的另一天
花的前身还是一只鸟，风正缺席
树的睡眠

大地的细节在植物肩膀入戏太深
你的眼睛里找不到该有的回忆
也没有泥土的潮汐。一层一层
淡去的触景生情，黑夜也解不开
花的心结。世间哪有什么感同身受
即使临风怀想也点缀不了流出的血
在死亡的怒潮中低声说话

这没有标题的半成品，不能攀登的
低枝，走出庭院就忘了目的地
从鸟到花，竟是一个人长长的一生
即使花期无边无际，失去旷野的呼应

月夜就失去了灵魂。分散在路旁的
灌木得不到承认,孤独就会死在一片
树叶上——跑步只能靠影子

       2022年4月23日星期六

栀子花

就是你了。荒野上早已没有大师
再好的山坡一笔之后也会历尽沧桑
芳香通常只存在于溪边灌木丛
成为这个季节在场的标记。夜能挣脱
露水的梦境你就能在秋季再开一次
从花开到花谢不过三天五天
每一次面对都得用尽全力向外打开

死亡的恐惧仿佛与生俱来。不用黄昏
在荒凉的坡地放一把火驱赶蚊虫
风来了路就不再遥远。一个人喝酒
就是为了说话,一朵花独立就是为了
体验伤口。你的青春注定不会躺在
平凡的土地上,重新开始永恒的早晨
阳光治不好酸土良好的排水性

春天正在老去,地上的光线正在切割
最后的林荫,已切割的部分认不出彼此
夜雨拯救得越多黎明的焦虑就越多
城市的边缘脱了衣服与时间裸奔
来到这里的人是阴郁的,不知道
该不该把脸朝着昔日的溪流倾斜
只有你洁白的身体像灵魂一样燃烧

2022年5月1日星期日

鸢 尾

你永远不知道四月想表达什么
好日子都被风清零,雷雨夜里来
黎明却不能说与你无关
百花在花园里迷路,孤独和痛苦
在城市社区的挂历上封控管理
石头迎娶阴影只是延缓春天衰老
睡眠足够浅阻止不了野草跑步

瘦金体的河水刚好淹没白鹭大腿
透过楼宇的光线刚好威胁鱼的眼

混乱的水声扶不起泡沫中的星辰
人工修剪的春天只能往树上退
这个时候移动草丛还有什么意义
你的肩膀早已顶着蝴蝶的嘴唇
倾斜的山坡上是致命的眩晕

鸽哨鸣过后的天空风平浪静
没有你我不敢冒险往下走
色彩的激流里到处是死亡的陷阱
眼高手低转身就会丢掉善良的灵魂
克服路的恐惧那就让恐惧都来吧
暂时找不到心跳因为白天悬念还在
画布上,四月正试着与五月相处

2022年5月2日星期一

三叶草

不用再找了。地上全都是尊卑长幼的
序次,在丹桂和石榴的林荫下
只有三片叶子贴着地面生长。多余的
阳光从三角梅狂妄自大的表情落下
在墙根砸出巨大的阴影。没关系的

只要和风在一起,整个世界都是你的
那些想要端详你的人,必须俯下身来

泥土是卑微的,但你必须生活在里面
哪怕石头压着身体,只要路走对了
春天否定不了野草的命运
我理解的错误不过是把书翻到读过的
地方,痛苦地朝着尚未达成的共识
划清界线,朝着彼此陌生的另一个白天
在林荫下出现

最怕的是社会面上的芳菲已动态清零
墙角的阴影还在继续感染,光的草原上
死亡只是时间问题。刚刚好起来的心情
无法照亮失去星辰指引的黑暗地带
第四片叶子的幸福保持着第一道伤口
只有等植物都睡着了,拿掉所有的色彩
五月才会屈服于更长的夏日

2022年5月3日星期二

蓝花楹

进入五月,天空的心情并未变得
开朗起来。光线在楼梯和车轮里
临路惆怅,被跑步抛弃的公园
虽然美,就是太安静了
为膝盖准备的长椅逐渐失去耐心
没人愿意靠近生锈的栏杆休息
露出口罩背后那张憔悴的面孔

大雨还在路上,风已搞乱了这里的
秩序。你认识的那条河流
碎石已带着鸟鸣离去。从芦苇杂乱的
表情中,黎明扩展出新的岸边
影子不用表态,蚂蚁也会守住
道德底线。比起身居高位的花朵
没有人会想到树枝在浪费时间

眼泪掉下之前,我们得好好聊聊天
跑步那么久,还有一堆火走在前面
河底那些无名的淤泥中,又有多少
在用整个身子撑着水面飘零的亡魂

落下再多的花瓣，大树也无法毁坏
更暗的夏天。松开原来的草丛
只有晚风在漫不经心地吹拂

2022年7月19日星期二

荷　花

风的乐队偏爱傍晚穿过城市
在天边堆积云霞，在夜晚聚拢
白天蒸发的水分。荷叶硕大
可以承载风声雨声人声
苔藓的寂静被青蛙紧紧按在脚下
等到正午把烈日交还给高柳乱蝉
青草池塘就有了盛夏该有的模样

给走近的人空出一个位子吧
大暑时节，影子都不愿移动长椅
你能到这花园里来
那一定是风的流调还没结束
生日只好停下来，等疫情过去
作为密接者的荷叶却没有让步
阳光无奈侧身，让出溪桥竹林

荷塘终究没有亏待瑕疵的背叛
即使温度退后三米，花的颜色和
姿态足以醉人，萤火虫也不会贴着
腐草败叶飞，明月也不会别枝惊鹊
潮湿闷热总能让人满怀期盼之情
比如冰粉凉面火锅蒲扇老鹰茶
这一次，荷花选择站在鲤鱼一边

                    2022年7月24日星期日

三角梅

我不会到你的屋顶来。装点别人的
窗户不如独自面对辽阔的天空
夏天要是失去光彩，空调和风扇
只适合白日做梦。飞鸟靠近晨昏
游鱼靠近林荫，有趣的灵魂跳动得
单纯，蝉声控制着迟疑的脚步和闪电
石头过热身体排出多余的水分

烈日像是按下了暂停键。风的流调信息
看了让人莫名心痛。湖泊池塘干渴

水杯必须养成足够细致的眼光
当心死亡的高温在门槛上掀翻自己
只有这些怒放的生命不需要核酸证明
无雨的三伏天,哪怕汗水清零也不完整
城市越大,街道和楼宇越容易迷失其中

尽管我不会到你的屋顶和窗前来
影子也会活在字幕里,死亡的怒潮就让
死亡纠正,花朵的语文其实很简单
人们根据每张面孔就能找到各自的故乡
就像月亮总能在树下重新找到一块石头
哪怕时间在同一种光里移动得缓慢
我也能听见你的牙齿在夏天背面喊叫

2022年7月25日 星期一

芙蓉花

有多少树叶就有多少时间
秋天的名声远不止这么肤浅
芙蓉一朵在地上,一朵在枝头
总有一朵要让你看到呀
尽管你不再到这座花园里来

缺少池塘环顾的霜降，流光
从来不会让人失望

从盛夏一路开过来，风把我们
不可遏制地用旧了。成都人的
乡愁不是消失只是隐身
都说草木有情，即使薄雾惆怅
雨点萧瑟潦草，映入眼帘的晨昏
也会有梦可依、有心可归
为酒而生的时光从来不会荒芜

越冷越孤单，出于身体的本能
我必须容忍你张扬的姿态
去战胜坎坷的睡眠和死亡
哪怕病人已接管医院，口罩什么
也不找，同样的夜无穷无尽
静止的天空持久在枝头燃烧
竹杖芒鞋将是你远处石头上的名字

> 2022年7月21日星期四

桂 花

我不在乎这是谁留下的足迹
某个地方、某个角落,甚至某个
白天或者夜晚,动脉或者静脉
正悉数前来辨认自己的姓名
尽管这个季节已忘记自己的名字
尽管裂开的星球已推迟醒来
你要做的只是为树的健康做证

每个人都有自己的出生地
也有不可预知的社区与牛奶
野炊的灰烬也有千山和万水
跑步拥抱的道路和空气
与时间的皱纹为邻,与可能
认识的花园和旷野建立合同关系
从上次离开的位置开始编辑

不想交出去的屋顶就系在腰间
造访的那棵树,凝视的那些纱巾
在年龄还不够风吹拂的有朝一日
头枕波浪辗转于夜晚的岩石与亲人

成为一门永久性的学问。距离不算远
秋风亲吻过的鸟群与森林找到了
一如这桂花突然向我伸出双臂

2022年7月24日星期日

菊　花

昨天还是一片荒漠，汗水都在桌上
化成灰。我送给你的那些词语
会在别处自由生死，一旦时间成熟
秋天就会重新生活在这些植物里
最难将息的不是深谷似曾相识的忧伤
而是你在光线里迅速理清头绪
尽管颜色和姿态足以醉人

空气清新，那是野草献出青春
天高云淡，那是候鸟翅膀崭新
风吹来，每一个人都有一张花朵的脸
跑步继续，石梯和房间在阴影中呈现
无人知晓的树叶令明月放弃闭眼
肩膀就是黎明，带着细雨翻阅的梧桐
平静下来的湖面不再有褶皱

时光停在我们周围,透进窗棂的
市井人声,有一种永恒的安详
牛奶和蜂蜜值得信任,石头在星辰下
收集泥土的梦境,秋蝉的出现
意味着树在树林中衰老
尽管仍有汁液在筋脉里悄然流淌
眼睛的幸福也仅限于公园和山寺

2022年7月25日星期一

众山皆响（组诗）

抚琴动操，欲令众山皆响。
——宗炳

遇　雨

该来的总会来。花径崎岖
柠檬在秋天身上使劲泛黄
一到这里，身上的力气就小了
脑子只用来思考眼前的事情
其他地方都空空荡荡
风晃动着每一片叶子，也晃动着
每一颗开裂的果实

阳光藏在阴云背后沉默不言
脑子空出来的地方装不进新东西
看水，水就在山间岩石上流淌

看云，云就在树梢上飘飘荡荡
雨点的深浅与冷暖
不过是一只鸟惊飞另一只鸟
缺席的肩膀寻找着兰花的嘴唇

我不走了，让雨滴一个一个地来
从红豆杉和无刺冠梨上来，从斑竹
刺竹上来，菊花、栀子、银杏
早已占据方位，飞蛾树张开蝴蝶的
羽翼，金黄色的绒毛落了一地
竹荪和香菌醒来，强势得一塌糊涂
——地上全都是尊卑长幼的序次

2020年11月14日星期六

听 风

有十万狮吼。有十万波涛汹涌
推远山的轮廓也推远云水天光
巴山庞大的身躯捂不住通天塔铃
坐下去的后背紧紧抵住岩石
生怕一阵风，吹走眼前的朝晖

那些散落一地的松针,重复
计算的时间笔记,要在风中
辨别寄北夜雨的正确读音
必须掸去屋顶树叶的杂念
专注于群山烟岚、云岫飘逸

一天中最好的光景,不是
星辰把八角井的余生压低
跌落地上的阑珊灯火
抵不过蟋蟀藉风声自远
那些失去的又在山间漫漶开来

2020年11月8日 星期日

观　云

松针是认真的,枫叶是认真的
湖水是认真的,闲云是认真的
水里的鱼和藻是认真的
就连偶然闯入的风都是认真的
彼此摒住呼吸,辨认对方的
模样。属于深秋该有的模样

认真的石头截住了时间的来路
和去路。森林环顾森林
万物都在湖面静默如初
白云和蜗牛爬得悄无声息
红嘴蓝鹊转动聪明的眼睛
盯着水中同样清晰的面庞
就是叫不出自己的名字

2020年11月14日星期六

望　月

失去的青春全都在树下
一枚松针压着另一枚松针
越来越苍老的容颜，全都
贴在树干上。想要拾起的
月光散落一地，风一吹
刚签收的账单又挥霍殆尽

我回来，压低夜莺的嗓音
人性的弱点爬满枯枝败叶
这样的盲枝不剪，月光至少
少了一半。几十年来

山路一直在准备，泥土之上的
岩石还是那么沉稳。松果的
嘴唇里，谁都有一吐为快的冲动

连一声鸟鸣都没有的丛林
大山的气味全都释放出来
怀念枝头猫头鹰的梦境
正在离开身体的月光
又向树后的山崖爬去。松涛里
还能听到我的心跳与叹息

2020年11月14日星期六

漫　步

一键清空的地方，被安排的生活
都留在了山下。语言上的隔阂
现在全还给了花草树木
香樟活到今天，才知道所要的不多
所谓不朽，都是写在纸上的谎言
人在石头上的留名，远不如地里的
青铜一眼看得透彻

一晃而过的溪流从北向南倾斜
像是预先想好了灵感的出路
螃蟹借助一块石头磨砺细沙的刀子
水杉还是亿万年前的模样，云雾
在山间走得不紧不慢
潮湿的青石板尽可能放缓脚步
山峰如同江中舟楫，时隐时现

灌木丛埋伏的困难，终究没能阻止
松针压着的时间重新回到鞋底
阳光落地的声音像是下雨一样
丁香即使闭着眼睛，也知道
花楸树的方向。苔藓复制苔藓
白日不到的缓冲地带青春自来
山林和沼泽如你所愿

2020年11月14日星期六

敲　山

沿着松针铺排的时间，眼睛和心跳
都在为寂静让路。我不说话
并不代表金银花就会停止攀爬

离开很久了,没有人否定猴欢喜
开花的意义。给一棵树立足的机会
如同给一只鸟准备领唱的嗓子
让大山躁动的心房有了确切下文

肩膀能卸下满天彩霞,太虚塔能独自
面对整个天空,山寺的晨钟暮鼓刚过去
风又追着塔铃满山飞奔,峰与谷
都逃不过宿命。茫茫云海罩不住清晨的
一滴露珠,伯乐树从来不会躺下来说话
蓝色天空下,只有扫帚在搭理白云观的
青春。让尘埃再无商讨斟酌的余地

没有人会以道德的名义简化幽径飞瀑
夕阳纠正着香炉峰悬崖绝壁上的相思
传说都是浮云,只有山的灵魂守望相助
红豆杉扶不起散落一地的风花雪月
重新拼凑拢来的石桥长亭精巧坚固
炊烟摇曳的弧度有限,西窗共烛的情绪
才抬头,就被寄北的夜雨打断
只有芍药、牡丹、绿梅、茶花完好无损

2020年11月14日星期日

问 花

从黑暗到明亮。如果近距离凝视
你会明白,那些昂仰着头颅的葵花
其实并不需要阳光。因为一片草的约定
它们从未缺失,十月你必经的路旁

谁可以告诉我,这里的一切都曾尝试
屈向丛林的台阶,屈向刺进天空的阁楼
成为一种向上攀登的方式
但它就在那里,在你的一瞥里

就像门板对光线充满畏惧
你的现身让溪涧在桥的跨度里
有了一个完整的段落。不用回头
雾霭中的河流,带不走山城的云霞

必须承认,晨钟和暮鼓遗忘了山寺
一阵微风,茶花的手指,让密林下的
山体,有了一颗玻璃心
在每一次走近,都让我看到山的众神

沉默，寂静，呼喊或者回答
都在脚下的泥土持续生长
桢楠拒绝复制荆棘疼痛的尖叫
却无力摆脱宫殿致命的索取

因为有洞穴，才有了山的修行
这些道友，并不需要登临山巅
一炷清香一轮明月，都能让他们
在半路上截住你身体的疾病

一座城的人，都为这座山骄傲
而我宁愿把一生的激情
都浪费在色彩变暗的山下
守着一块墓碑——我在这里

2020年11月19日星期四

歇 阳

如果阳光必须重来，一定是
树木通过树木
在楠木的膝盖下，茶杯的揣摩
得到了证实。桂花和石榴的枝头

秋天赋予的辽阔只在屋顶显现
地面一片空白,似乎在挑选可以
站立的词。我知道
香烛和木鱼在加速归还寺庙的眼睛

半野生的水杉轮换着山林的色彩
低矮的院墙因为紧张
迫使桌面上的手掌张开了秘密
那些闪耀着光芒的往事
在失去靠背的竹椅上溃散逃离
我不知道,有多少岁月
都在这寂静的屋檐下长久焚烧

必须承认,廊柱的阴影也有光明
时间的转角处总有脚步苏醒
在你意想不到的时候缝合伤口
连同窗格上落下的灰尘
从未离开橘子树看护的黄昏
为了一个可以照亮的词
许多事还未开始就已结束

2020年11月19日星期四

鸣　谷

站立，以一棵树的名义
纠正溪流弯曲的背影
就像一枚扎进岩石的铁钉
紧紧勒住灌木丛的大拇指

但是，那些松针的棋子
已落满棋盘的另一半
那个和山对弈的人，还没
出现在茶杯的空隙里

无须多言，磐石已在回答
山的提问。猜对了
死亡就是对舌头的控制
如同泥土对树根的依偎

胆怯的阳光拒绝敞开林荫道
却始终保持敞开的大门
掩护蚂蚁从松茸的身体撤退
让松针重新有了呼吸

风，也只有风能撼动
雷霆万钧的深山峡谷
我确信，从松果里听到了
大海的声音

无须从鸟鸣开始，眼睛的
相遇里全是崭新的名字
比峭壁更简单的褶皱
我的伤口，我的侧影

2020年11月19日 星期四

看　瀑

没有什么比这更偶然的了
我被缩小在片瓦的凉亭里
水从比天空更高的山崖坠落
脚下的深潭早已乱成一锅粥
群山被瀑布的幸福感染
阳光和白云奔跑在裸露的岩石上
飞鸟的翅膀淹没了山岭
声音回响着声音，声音是最好的
证明：

"这世界活着并且在燃烧"

镇定,我让身体的每一个地方都
保持镇定,直到肩膀顶着心
直到风把悬崖从肩头卸下
生活的碎屑,无与伦比的犹豫与胆怯
在众山皆响的激流中重新命名
身边不再被注意的人和事
也被这敞亮收容,被打磨成不可见
很少惊慌的树,整个下午
都没再落下支撑梦境的松针

2020年11月20日星期五

高原上（组诗）

山　歌

风吹骨响，满山都是需要安慰的灵魂
昨日的灰尘都已在呼吸中燃烧
松树细心照料的山坡，从一道瀑布
飞泻而下，瞬间淹没了整个葱岭
在我们面前，云雾汹涌
爱与被爱的山歌从后背转身
像一头野兽来得突然
世界被缩小在这里，逃不过宿命

太阳也好，森林也好，蘑菇也好
树枝和杂草把风拽得紧紧的
不让小径在林中交叉散步
从这块岩石上看过去

白云的命运屈从于群山大门
高低起伏的声音如同错落有致的花海
介入我们难以克制的繁星
种子生长的地方，每一块牛粪都很镇定

被打磨成炊烟的帐篷，敞开在蜂箱
堆砌的路旁，让日常生活的碎屑
得到爱抚。如果所有死亡的诡计
都散发着野蜂蜜的香味
云杉和苍鹰只得面对一个空洞的天空
在你声音的眼泪里重复流亡
即使风与石头和解，疼痛终将凋落
这世界仍然有最低限度的仁慈

2021年10月10日星期日

天　堂

在这里，风必须有敬畏之心
每一次吹拂都得征求山的意见
彩林的出现，意味着秋天已深
甚至不给道路喘息的机会
群海还在怀念山寺桃花的夏天

冬天已在森林的童话里走远
湿地和草原躺平东边日出西边雨
月亮湾升起"宇宙庄严幻影"
高山植物放低身段，岷山也就放下
藏戏面具和鼓号法器

岁月在经筒上走得缓慢，我不是
一个朝圣者，也数不清天梯上的
悲观离合
羚羊和唇鹿顺着酥油花指引的方向
在一碗山泉水的石桌前安静徜徉
遗弃世俗烟火的九个寨子
与绵延不绝的传说隔河相望
看似闲云野鹤、风情万种
里面的树根其实早已波澜不惊

冰川遗忘的咖啡馆，隔绝云雾与
苍穹，刺耳的寂静里走着
刺骨的寒风，对山的众神来说
天堂还应建得更高一些
他们不惧怕空气稀薄，也不惧怕
窗前眺望的孤独
哪怕跌落人间瑶池，也是一个

网红打卡地

2021年10月11日 星期一

斑　斓

池水有透明的理想，也有绚丽的童话
在向阳的山坡上，每一次停顿
都是一次眩晕的确认
属于黄龙的时间，被水底缺钙的
泥土软埋，一层一层堆积
大山的寂静与苍茫

雪山和森林的那点事儿，不过是
从谷底到山巅的古老容颜
落在你们身上，星辰找不到
夜晚的心跳。转瞬即逝的苍穹下
斑斓的彩林变得炙手可热
秋天在一池水里画出灵魂的光泽

最终是影子和鸟鸣分离出栈道的
耐心，蜜蜂就在松鼠的身上嬉戏
陌生的未来倒映在沉默水面

风被推迟半小时到来
火焰的花海抚摸群山，一年四季
都没有高原反应

2021年10月12日星期二

锅　庄

一步跨出去，你的青稞熟了
刚种下去的洋芋和胡豆熟了
大麦小麦油菜需要掸去头皮屑
玉米掰下来需要挂在屋檐晾晒
管它撩也好，甩也好，晃也好
身体的每一个部位必须忙起来
闪着炭火的村庄，不能让雨点
乱成一锅粥

辗转踏步，举起的哈达转动的
手臂，在同一时间昂起沉重的
头颅，弯下腰的月亮坐在门槛上
篝火在领唱。那么多的男女
手拉着手，风吹火焰吹不动背影
音乐在嘴唇下反复得到确认

盛装的舞步聚拢溃散的尘埃
被秋天覆盖的苔藓重新迎娶流星

围火而舞的传统从不拒绝陌生人
"连臂踏歌"试图沟通神灵
酥油茶试图稀释晚上的青稞酒
越来越快的节奏不给你喘息的机会
整齐的脚步声像雷霆一样强悍
冲破血液中的残渣碎铁

当万物停止生长,雪山在身边沉睡
舞蹈不规则的印痕急需知道背景
此时的中查村只剩下一堆火
如果这是被安排的一天,只有
锅庄让我放心

2021年10月7日星期四

碉 房

高出马背的天涯,帐篷矮下去
山坡下黑色的溪流远去
对面的村庄勉强放半视线

我们向着山腰上的草地进发
玉米装饰的碉房只露出半张脸
如同屋后过冬的柴禾码得整齐
牦牛在树林边缘驻足张望
风吹动长发也吹动铃铛
阳光垂直，只照亮裸露的山崖
黑色森林比在树下看到的更黑
群山怀抱的天空没能惊飞一只鸟
一朵云

豁然开朗的那一刻
我感到一阵窒息
哪怕海拔只上升了一百米
牵马人和马匹也止不住同时喘息
我们彼此语言不通，也没来得及
交谈

2021年10月7日星期四

吊　桥

我会把这游戏当真
就像对待林中所有的道路

不管它通向哪里
只要有光线导航，哪怕风停了
鸟鸣更显寂静，一个人在岩石上
难得自己同自己说话

松树的腰身全都绑着绳索
在灌木和溪流上开辟出一条路
尽管它并不通向哪里
我会把这游戏当真
九寨沟那么多沟，中查只是配套
极限运动像一把剑剖开山谷
考验每一个上到这里的肺
跌进草里还有没有呼吸

其实死亡并不那么庄严
冷风吹不出可怕的结局
只是晃晃荡荡的阳光
折磨一片森林，我会把死亡
当真

2021年10月7日 星期四

散　步

突然发现，这路没有尽头
预知的目的地始终没有出现
尽管前方提示还有五百米
但是道路只拐弯不歇脚
沿着湍急的河流倾斜向下
这路没有尽头

在另一种冒险的门槛上
黑暗的山体支撑着黑暗的苍穹
月亮和星辰没有出门的机会
要不是路灯把这公路照亮
我们所说的话都会空洞乏力
仿佛夜并不存在，只靠着栏杆前行
车的路上，没有房屋和散步的
同路人

就这样消耗体力走在盘山公路上
那传说中的绿道还有五百米
夜晚转不了身，灯光纠缠着我们
也纠正着更深的河水

在时间的肩膀,每一秒都在燃烧
这里是高原,黑暗里的每一步
都是在长征

2021年10月7日 星期四

朝　晖

你的眼睛比街角汹涌的河流更高
向阳的山坡上爬满红叶的天花板
一棵冷杉的肩膀承受不了云雾和
雪山的重量,倾泻出耀眼的光芒
那些图案被鸟鸣一一拾起
你看见大山的骨架正剥落成灰

脸上的阳光不再和路灯相遇
也不再有意义。为了花楸树的侧影
双脚听命于茂盛的草,露珠从
各个方向围追堵截
夜雨分开小镇的楼宇与森林
冰冷而又结实的山谷
经幡收走了所有的不安

郎木寨的清晨
每个人眼里都闪着光
被雪山抚摸,也被雪山捕获
正等着与云雾汇合

2021年10月7日 星期四

表　演

藏族和羌族的神话传说
在声音和舞蹈里集合
以雪山为背景,色彩与图案
一镜到底列队而来
尽管不代表你能看得明白
听得明白,却没有一只耳朵
一只眼睛能逃避
心灵深处若隐若现的暗示

被材料和肢体扔掉的语言
又在他和她的嘴唇发出响动
即使盛装行走也是一种表演
从这些原始古朴的面孔前经过
尽管我们来自同一个国度

却惊讶于他们在默契中
敞开大门，谈论死亡和爱情

        2021年10月8日 星期五

夜　雨

高原有辽阔的睡眠，也有嘹亮的雨滴
风穿过秋天的门缝，吹拂的一切
丝绸一样薄情
反复构思的青石桥来到路灯下
雨伞露出温暖而又无声的微笑
橱窗赞美过的挎包与围巾
唯一的亮点就是蹭了灯光的热度

留给夜晚一个宽松背影，街道叙述的
一些植物，少了人和猫头鹰
咖啡馆和烧烤店的啤酒，阻止不了
梦境压缩花园酒店的枕头
只露出阳光亲吻的前额，向回忆
告别。就像苔藓臣服于荒原
从你群山一样弯曲的身体

等到大地睁开眼睛,又是一个

氧气充足的黎明

2021年10月10日星期日

茶中故旧（组诗）

茶中故旧何其多，唯有饮者留其名。
——题记

吴理真

那时候，阳光还在三米外
茶树野生的秘密还在蒙山潜伏
北纬30度线上的云雾和细雨
妥善保管着这些南方嘉木
天幕覆盖下的秀岭有精气滋养甘露
也有耐心在山中长时间等待，等你这个
拾柴孝子偶然的解渴提神之举
意外扶起母亲和邻里瘦弱的病体
然后结庐三年驯化丛林里的"万年青"
从上清峰莲花座心的一块凹地开始栽培
从七株到成千上万亩在雅安大地生根发芽
从皇家贡品到走进普通人的生活日常

成为百姓开门七件事不可或缺的一件
从一首诗到另一首诗,成为文人雅士
修身养性的必需品,连同丝绸与瓷器
一道为中国代言

比起让一座山成为茶的代名词
汉碑勒石、大师与始祖
不过是后世追思你的无量功德
时间的刻度上,你只在乎饮者留其名
满山的历史遗存让每一个人莫不低头
皇茶园里不枯不长的古树茶,还在还原
两千年前你的模样,静默如初稚嫩如初
每一次品茗却都有山林草泽的味道
还有漫漶不清的苍岚烟霞与斗转星移
一片茶叶浸润的不只是琴声还有心灵
征服的不只是知己还有世界
哪怕是脆弱的体重也只有一杯茶能控制
趁着阳光还在三米外的银杏树上
我在今年的一杯新茶里独坐
想着茶树死了人还活着——浩荡山风里
拾级而上的仍然是少年

2021年5月1日星期六

白居易

那时候,诗酒茶是文人雅士的标配
陆羽用三卷《茶经》让茶完成从药品
到饮品到贡品到祭品到商品的演变
只是茶比帛贵,五匹帛不能易一斤先春蒙茶
春风得意马蹄疾的孟郊此前也只能乞茶喝
朋友圈那些大咖茶友每一个都堪比"饮中八仙"
只是比起酒的喧嚣,官运不济的他们
更爱游山玩水喝茶会友吟诗作赋傲骄天下

当初唐的茶杯流转到你手里,只是一口
便把茶喝出了"别茶人"与"爱茶人"的全新境界
开地种茶的劳动实践让你既会制茶又会识茶
哪怕青衫已湿病卧江州,也会用好友寄来的
蜀地新茶振作起琵琶声里天涯沦落人的感伤
烹煎品尝、把持玩赏这十片绿芽火前春
失意与得意都不如一碗茶逍遥自在——
那些在渌水琴曲里走远的故旧又在茶中回来

2021年5月2日星期日

刘禹锡

那时候，一骑红尘奔驰而至的
除了荔枝还有蒙顶先春和石花
作为皇帝钦点的贡茶，不只是
宫廷和贵族的专属品，只要
茶的香味在长安城弥漫，大唐的
诗人们就会放下酒杯端起茶杯
"蒙茗玉花尽"留在舌尖的余香
出世入世在佛在禅的人生况味
既在茶中也在诗中

那时候，远在苏州西山炒青茶的你
便已惦念那一碗蒙顶先春茶
想象"白泥赤印走风尘"的快递情景
还有喝不到"花乳清泠味"的自嘲
正是这般心心念念，才能在病树前头
昂起二十三年沦落的光阴，才能在
巴山楚水的东边日出西边雨里
从一杯茶里获得"沉舟侧畔千帆过"的
真解脱和长精神

2021年5月2日星期日

苏东坡

那时候,喝茶已成为人们的生活日常
清明上河图里的汴京城有逛不完的商店
街市上有吃不完的美食,朱雀门外
有泡不完的茶坊。投茶、注水、出汤、分茶
入盏"拉花",花鸟虫鱼、飞禽走兽纤巧如画
捧着点好的茶像是端了一碗雪,连茶带沫吃下
清韵隽永满口华彩,一如烟花绽放须臾幻灭
茶如百戏,天子和文人雅士又消遣了半日时光

迷恋一场风雅的茶事,你这个特立独行的
有趣灵魂又岂能害羞?何况品茶、烹茶、种茶
北宋文坛没人比你更在行。一路贬谪一路尝尽
溪茶与山茗:杭州白云茶、绍兴日铸茶、涪州
月兔茶、修水双井茶、阳新桃花茶、峨眉毛峰茶
海南大叶茶和红碎茶,最爱还是家乡蒙顶茶
就连到贡院当主考官也会带上全套喝茶工具
约几个老朋友一起品尝蜀地煎茶的雅趣与高妙

"从来佳茗似佳人"。即使品尽天下名茶也止不住
怀念,那细末如雪泥鸿爪般纷纷下落的蒙茸
也会想起随父拜谒雅州太守的那个春天

抢购青衣江白鱼和蒙顶紫笋茶"不论钱"的热闹
正是那份热闹成就了你这个无可救药的乐天派
犹如一团火烧去"寂寞沙洲冷",即使身陷泥淖
也能凭竹杖芒鞋豪言"一蓑烟雨任平生"——
人生的旷达,不过是"也无风雨也无晴"的一盏茶

2021年5月2日星期日

陆放翁

那时候,文人与茶早已被人津津乐道
他们用一首首诗堆积与茶的不解之缘
也堆积出博大精深底蕴深厚的茶文化
一只鸡缸杯点出的茶又岂止亿万身价
流传后世的饮茶日常在有宋一代基本成型
作为一个留名饮者,在你九千多首诗中
有三百二十多首见证你对茶的情有独钟
蜀地游历八年,哪怕只有五首专写蒙顶茶
也足以让人管窥一豹蜀茶之魅力

出生江南茶乡,中间当过茶官晚年又归隐茶乡
你喝出了茶中的大宁静,也喝出茶中的真淡泊
从绍兴到临安,你还在小楼一夜听风雨

世态人情淡薄如纱也不影响你写字分茶品茗
从一种茶到另一种茶，无论顺境还是逆境
你可能离开过一杯酒却从未离开过一杯茶
无论是记述茶事活动还是写照品茶习俗
你蒸煮入诗续写本家先圣《茶经》，为后人
打开一扇了解宋代茶文化的窗口

以茶悟道以茶修身养性不过是为了化解苦闷
对一个嗜茶如命的人来说，"宁可舍酒取茶"
无论睡起试茶还是学蜀人煎茶还是独卧华凤阁
甚至晚年无钱置酒自己动手制茶代饮
都离不开那道香高味长的蒙山紫笋茶
这反复出现的紫笋茶又岂是饭囊酒瓮识得？
若是配上西岭雪水煮，你又何须辛苦还乡？
李白说将进酒杯莫停与尔同销万古愁，你说：
"桑苎家风君勿笑，他年犹得作茶神"

            2021年5月2日星期日

草原上（组诗）

夜宿草原

整个夜晚我都在聆听和张望
试图看清屏住呼吸的群山
试图分辨风中牛羊的呼号
只是集装箱酒店的窗户太小
没有一座山峦愿意被看见
没有一种睡眠愿意出现在风中

刺耳的寂静包裹着无边的黑暗
所有的耳朵和眼睛都是徒劳
所有的记忆都停留在黄昏边缘
远处车灯一闪即逝，没有多余
地方被照亮。旷野重新被缝合
这一次连窗前的电线也隐身

身体里的马蹄冲破血管

草原上的祖先全都活了过来
旧年的琴声里，靠在酒杯
边缘的沧桑跑出他乡与故乡
有号角边声安放长烟落日
有成行鸿雁搬运南方北方

比刀子还要锋利的寂寥，刺进
夜晚骨髓的寒冷，推迟异乡人的
梦境。即使屋内台灯慰藉
自由也仅限于在书页里活动
等风停止吹拂，等露珠在草尖站立
我终于感到山的存在

2020年3月22日星期日

夏日草原

是群山，是经幡，是羊群和
牛群高低起伏的天涯
帐篷每天都在丈量草的疆域
马匹和骆驼习惯在歌声里走远
赶蜂人沿途丢下蜂箱，让每一只
蜜蜂都能找到回家的路

风吹草低,河里全是云彩的倒影
火车什么也不找,专走菜花和
雪山之间的寻常路
在树林边缘,部落像一堆火出现
锯齿形的波浪不舍昼夜朝你跑来
属于金银滩的夏天又回到大地眼眸

小鸟细数的黎明与黄昏,洁白炊烟
不断从头再来。山梁后面还是山梁
草的结尾处还是草。风车和断桥
不相信维纳斯,忘记的时间
只有闪电和暴风雨能找回。黑夜
握紧的不是荒凉而是一切响声

野蛮生长的阴影抹掉了旷野界线
青春和疼痛都被旺盛的杂草软埋
走过的人都要回头张望,拒绝刻在
石碑上的一切死亡。在那遥远的地方
那么多的鹰从我身体里起飞
如今想起,它们仍停留在原处

2020年3月22日星期日

青海湖边

多少年了,总有一个声音在喊我
到对岸去,到湖的对岸去
叫青海的湖那么大,雪山那么近
从海南州到海北州,我走了整整
十二年。直到满头的青丝白成
高原上的雪,直到石头变成玛瑙

声音的尺度内,语言显得力不从心
浩瀚的湖边,眼睛选择了逃避
不管是骑马还是坐车,迈出那一步
疼痛将会指出缺氧比贫血更让人窒息
失去勇气,连玛尼堆都没多余位置
只有那个声音是认真的

湖面干净,白度姆每天都在救赎尘埃
风吹不散她的莲花宝座也瞒不住秘密
群星聚集的夜晚总有甘露从光芒中降下
即使风暴扫过,也以巨大定力停在原处
脱离海水的夏天被旺盛的格桑花吞没
每一片花瓣都与热血和疼痛有关

尽管有无数的意外都在等着相逢
我每天都在为自己找一个走下去的理由
蓝色天空的麻醉效果早已失效
不用一粒沙,现实也会显露出嶙峋瘦骨
在平安到达前,颤抖的手端不动酒杯
蓦然回首,飞雪和狂沙已将足迹覆盖

2020年3月22日星期日

刚察湟鱼

在刚察,有上万头动物让人着迷
超过十万只鹤鸟常年盘旋天空
冬虫夏草、雪莲、沙棘野蛮生长
即使油菜花也盛开在公路中央
但我想带走的只有一尾鱼,一尾
洄游的湟鱼

下午的阳光在泉吉河上走得缓慢
那些身体有了变化的鱼塞满河道
踩着沸点跃出水面,最低处的婚姻
得以完成。飞上十五厘米高台阶

脱离青海湖微咸的嘴唇,在棕头鸥
的注视下,清澈的河水忽然暗起来

逆流而上的鱼,九死一生只为完成
生儿育女的热望。十八级台阶的艰难
除了提防鸥鸟还要提防浅滩,腹部在
坚硬石头上摩擦生殖腺,就像海水粉身
碎骨也要拍向岸礁,渡尽劫波的旅程
有一种旁人不得靠近的庄严力量

2020年3月23日 星期一

菩提树下

为一棵树而来。十二年的时间
只是拉长了湟中的街道和塔尔寺
莲花山一沟两坡的曲折阶梯
那些经幡、殿堂、白塔、壁画、
堆绣的建筑群仍停留在原处
空气里酥油花的味道也熟悉如初

十万狮吼的菩提树挺立在原处
以母亲三滴脐带血名义守护大金塔

收纳长途跋涉的思念、虔诚与因果
每一片叶子，都是一面佛的自画像
仿佛在活出自己真实的模样，也在
读懂每一个朝拜者尘埃占领的内心

长久凝视这棵比寺院更早到来的树
犹如面对一本沙之书，合上再打开
里面的内容每次都不一样
眼前所有的事物都被光影推远
即使满目丰盈、漫天飞雪、黄沙万里
也复原不了当初带来万物的面目

树下的根系早与大地隐秘相连
那些弥漫在时间长河里的人和事
不需要风的拂拭菩提也心如明镜
来和去、得和失、生和死的轮回
都在树下走完过场。只要天光还在
移动，我们就不可能面对同一片树叶

2020年3月29日星期日

女娲湖底

我确定,我的前世是一株蜀葵
睡在青海贵德的女娲湖边
那些补天剩下的七彩石头
散落在黄河两岸的大峡谷里
尽管风每天都在吹拂不同的音阶
我仍然睡得不纠结、不忧虑

比起那些裸露身体的石头
女娲将故事深埋湖底
爱恨情仇只是装饰别人的梦境
凡是在这天出生的人,都在岸边
相信高山也会有平川,戈壁草原
一样会摇曳出大漠孤烟

历史的印记都镌刻在高原到高原
的交汇点,以山的形状
水的脉络、路的起伏滚滚向东向南
俯瞰炊烟的村庄,不过是奇峰峭壁
在寻找活下去的理由。当万物停歇
你所说高处的寂寞只有我知道

当午夜在山谷中照亮这平静湖面
我该用怎样的手势才能逶迤群山
我该用怎样的结局才能安顿梦境
繁花与朽木容纳百川改变自然模样
这一天中不同的光景
能麻痹每一个赶路人疲惫的身体

2020年3月29日星期日

拉脊山上

上升的不只是海拔和睡眠
草甸取代乔木，牧场取代黄土
牦牛的眼睛收藏了野花的善恶
铅灰色的天幕上，群山放不下
乌云，也放不下经幡和玛尼堆
离山顶越近人就离神灵越近

当山歌唤醒雪山的真实面目
冬虫夏草还生活在云雾中
即使悬崖小溪流出白银
也不会有飞鸟把余生寄托酒杯

阴郁的嘴唇上，心灵中
缺失的一角仿佛得到了弥补

回头再回头的道路懂得怎样在
拉脊山上存活，我只想从你
身上扯掉一切光。翻过山垭口
道路还在更远的山坡上蜿蜒
血液的通透也只是暂时活着
语法的修辞破解不了死亡哲学

2020年3月29日星期日

达玉部落

被朝霞轮换的半张脸
放大了达玉部落的清晨
祁连山下的金银滩大草原
在马匹和骆驼的背影里走远
白塔和帐篷撑开的蓝色天地
只有草张开全部的肺呼吸

穿过经幡铺排的栅栏小径
仓央嘉措的情歌正转动经筒

指尖的颤栗来不及转身
蜜蜂和花朵的缘分就已解散
女孩在骆驼背上逆光回眸
风吹动着她朴素的长发

他们供奉的神都在石头上打坐
追赶风声的利箭却落在门楣上
怎么看都是一件有用的摆设
无疾而终的首领始终心怀感激
即使明月乾坤也看不清面目
没有人能凭一支笔重塑筋骨
爱过的人生死全在一念间

并非每段感情都能走到最后
草原从来不缺孤雁。手握缰绳
不过是看看骆驼嘴硬还是心硬
白日落在一别两宽的夜晚
所有模仿与重复,都输给生活的
柴米油盐酱醋茶

2020年3月29日星期日

一匹马的名

哪怕是简单几个字,也足以唤起
脊背上的涔涔汗水,也会浮现出
疾风戏草、弯弓扬鞭的身影
地动山摇的马蹄抬高草原天际线
无论是过去还是现在和将来
只要草还在生长马就不会停止奔跑

旧年的琴声中,无数人挥动鞭子
天下再大也不过是马蹄的一阵风
血液的腥甜跑出西风的加速度
我的祖先和兄弟打马走在风中
八千里路云和月被吹入毡帐
黄金家族的名号压得乌云喘不过气来

生死宽敞的大地,炊烟丈量不出
斡耳朵的辽阔疆域;满天星辰下
马头琴推远山的轮廓,火焰跳动脸上
酒杯扶不起的方言大合唱
喧嚣与寂寞都在绰尔河边归流
露珠的心跳和轻叹,都在马兰花
蓝幽幽的眼眸里湮没神秘来路

只要风不停止吹拂，所有的鸟
都会闭眼聆听

站在时间的下游，怯懦与犹疑
阻挡不了马蹄扬起的沙尘暴
途中那些理想河流与山丘
早已披上平坦而又柔软的植被
牧群和鸟群早已重新定义
这片草原上的飞禽走兽
放下一马平川的弓箭挂在墙壁
成为一件遥想当年的有用摆设
在有月光的夜晚，轻轻挥动鞭子
血管里就会响起马蹄的声音

2020年4月11日星期六

一滴马的泪

草原上的月亮还在，地上的人
衣着光鲜。北风吹走他们弯弓扬鞭
的模样，开满鲜花的大地正箍紧
马前马后的风声，一个深扎泥土的
牧民，要在夕阳里辨别回家的脚印

必须用鞭子清空重山条江的瘴气

属于科尔沁大草原的马，一身白衣
在风的琴声中眷念故土亲人
手中的银器在月半弯的河谷里驻足
侧耳远听，再无号角边声穿过孤烟
用艾草解开的行囊，足以安放
群山上的落日，羊脂的火苗
擦亮鹧鸪满脸的鱼尾纹
生活的日常在云杉和雪松下保持原样
霍林河倒背如流的波光与飞燕
不再是幻象，低于风的草地上
露珠滴落朝霞，从睡梦中醒来的马
眼睛里长满山高水长的开阔地

雁来雁去，即使明月瘦出胡杨腰身
苍鹰也能把马背上的山脉放平
繁花盛开的大地狐狸辨别不了方向
人的心马的心跑不出无边的边际
江河能洗净前世今生
也能缩短我们与蓝天的距离

2020年4月12日星期日

一个马的节

这是草原的节日，这是马的盛会
热闹的那达慕让每个人脸上有光
十万匹马，十万个骑手，十万顶
帐篷撑开的科尔沁大草原
足够装下旌旗与号角沸腾的荷尔蒙
让丰收的喜悦在每一片彩巾上荡漾

盛装出场的马，只接受风的检阅
飞身上鞍的只能是扬鞭的勇士
他们青铜纵目的太阳穴
在四十公里直线赛道上跑出加速度
透迤群山的眼睛抹去时间的痕迹
直到终点一个姑娘的眉目清晰起来

在这空气都洋溢着雄性激素的节日
马是当然的主角。马的每一次奔腾
都踩在人们兴奋的鼓点上
肆意昂扬里透出肌肉骨骼的轰鸣
草原再大也不过是马蹄的一阵风
欢乐时光望不到头才有共同背景

即使漫长的中场休息，时间在这里
也像一滴水消失在大海不被人注意
有马跑草原就不会寂寞，有舞跳
篝火就不会熄灭。隐藏在酒杯边缘的
马头琴响起，即使夺冠的勇士至此
也会下马把群山和露水坐牢

昨天已经过去明天还会继续
无数的意外在等着与你相逢
阳光滑过马背，犹如微风吹过湖面
秋天的草原弥漫着前所未有的气息
那达慕敞开的心扉没有一个旁观者
每匹马每个人都在为你再跳一支舞

2020年4月12日 星期日

换个方式爱她（组诗）

四个女儿
——献给女儿18岁成人礼

骤雨初歇。午后的暑热未消
我的女儿走在春熙路上
垂直阳光拉长了她的身影
这最后一天的少年时光
积攒了太多的烦恼与忧愁
需要在青春的门槛卸下包袱
卸下期许，清空身体
与昨天握手言和，与明天同行

与十八年前那个七月午后重逢
让医院屋顶那些洁白的鸽子
再飞一次，克服风的阻力近到

窗前,让家谱在一个婴儿的
啼哭里续上崭新一页
我在这页带血的脸蛋上看到
自己的模样,短暂的慌张与惊喜
在鸽子翅膀与呼哨的光亮里
收拢爱与被爱的散乱时光
从此执着于一时一事
让一张白纸爬出闪光足迹

时间的齿轮以超人的耐性缓慢
抚平琐事,带着一颗干净的心
把这纷繁复杂的世界打量
而你给予我的远比我能给你的
更多。从咿呀学语开始
从在床头柜爬进爬出算起
你的模样不断变化,是花非花
有形无形,即使也曾困顿彷徨
却不曾懈怠懒散,犹如架上的书
倒了又站立。不是在悬崖勒住马
就是在河边勒住风
即使摆弄笔墨丹青,也天真得
没一丝匠人气息

没一丝匠人气息的女儿
逐渐从一个成长为四个
善良、聪慧、豁达、坚韧
每一个都是你明亮的身份证明
即使走在时代的宽袍大袖里
也如洁净的鸟群带来明月长风
解散我们生活的迷雾与狼狈
不着痕迹地保留一份温暖记忆
哪怕远涉重洋,也会在一声呼喊里
拽回我们飘飞的思绪
融化所有的痛苦与哀愁

吹灭蜡烛,抽屉里不再有秘密
贮存得满满当当的点滴往昔
在任何时候开启都能心神荡漾
一个在青春门槛卸下昨天的人
她的世界注定宽广无边
注定有更大的自由与深微
形单影只不过是抖落醉月迷花的
孤独。我的四个女儿啊
在你转身进入的天地
有无数的意外等着相逢
你青春的身体透着某种自负

足够寻找到内心的慰藉

足够你把名字写成你自己

       2019年7月27日 星期六

身体长刺的人

她走了以后，他的身体开始长刺
先是柔软的枕头安放不了睡眠
接着是宽大的衣服抚慰不了疼痛
最后是空旷的房间阻止不了眼泪

挺出他身体的这根刺啊
划破夜晚的血管
剖出庭院深深的黎明
即使大白天也会突发
美尼尔眩晕，想要拔除
却摸不到脉
犹如落到水面的叹息
能荡出涟漪但抓不住声响

她的背影越黑暗
他的疼痛感越强烈

只是刺破的身体

找不出伤口

　　　　　　　　　　　2019年10月11日深夜

带走月光的人

她并不知道,她提着行李

出门那一刻,满屋子的月光

也跟着出门。回澜亭外

没了月光环顾的桂花散落一地

哪怕石榴火红如故

也撑不开失去导航的夜晚

雨水比失眠来得猛烈

在墙上流成溪,流成河

就是流不出水银的眼泪

院里的青草可以接住灯光

却接不住一滴酒痕

带走月光的人,在时差颠倒中

打开行李放出一箱子月光

她的小屋越明亮,我空置的房间

越黑暗，安静是斗中的烟丝
在独自燃烧

风在黎明起身，胸口的大象
仍坐着没动。当树影停止摇晃
我的眼睛挤满了石头
放不放手，这一地的桂花
都是最痛的。没有月光的夜晚
即使世界再大，我也不知
该如何缩小它

2019年10月19日 星期六

没有语言的生活

转身离去，她青春的靓影
带走了我所有的生活语言
往日那些细水长流的唠叨
灰尘一样慢慢沉淀下来
占领空出来的房间
任何声响，都会让我惊出
一身冷汗

水开了，茶叶并未落入杯底
书翻开了，目光与文字一点儿
关系也没有。阳光和阴影
把屋子分割得泾渭分明
过去的事还是停留在过去
如同照片，能看到却无法
再来一次

生活的原样都保持在房间里
书码在书架上，笔插在笔筒中
练习琴安放在挂着菖蒲的窗前
装饰梦境的玩偶摆在床头
甚至日历也停在走的那一天
没有声音，全都动弹不得
我一遍遍注视，没人回答
也不会有人回答

习惯性敲门却没人来开门
进退为难之际，亭角的风铃
不合时宜响起，我刚烧开的
水壶，却怎么也倒不出水来

2019年10月20日星期日

关心天气预报的人

把成都添加在手机屏幕上
把曼哈顿也添加在屏幕上
时间相差十三个小时
气温相差十一摄氏度
她在被窝里瑟瑟发抖
我在阳台上喝着下午茶

生活即使相距十万八千里
我也只关心天气预报
她吹北风我吹西南风
紫外线最弱的时候
她的体感温度只有13度
空气湿度使我的身体拧出水来
她还在忙着补充水分

长为风忙，云中却无人寄锦书
独倚栏杆，灯光落地成霜
草丛的阴影没有脚步靠近
再晚的路也会有人走
再远的门也会有人开

只有同一个苍穹上
挂着同一轮渐亏凸月

2019年10月20日星期日

归还书房的一尾鱼

是鱼终究会游向大海
只是我精心准备了十八年
最终还是没能忍住眼泪
在她归还书房的那一刻
楼梯的转角掩饰不了
孩子式的恸哭和抽泣

但是她没有。收拾干净的
房间,连同一尾镇纸的鱼
连同心平气和的唠叨与叮嘱
把她的运气与福气、威胁与
期许交还。琐碎的言语里
有眷念也有深情,有豁达
也有从容。我能接住生铁的鱼
却接不住一滴泪的轻

如今独坐书房,她的气息还在
身影也在,墙上的笔迹也依然
清晰,回填的泪水装在鱼眼里
交还的书桌在鱼身下有了新意
过去鱼是用来镇纸的,现在鱼
是用来握手的,握住风握住草
握住月的光与暗,让我不再
执着于一时一事

只是生铁的重量,又让我瞬间
坠入往事的深渊。我明白
剩下的余生都将去适应
少了一个人的生活日常
所有的牵肠挂肚都不如
看好家的港湾和导航的灯塔
等待回游的鱼
开启痛击人心的重逢

2019年10月20日星期日

从今天起

从今天起,必须适应少一个人
的生活,必须适应楼下的房间
即使被灰尘占领也得保持原样
只是失去平衡的夜晚
放再多的羊也进不了梦乡

从今天起,我不再眼泪问花
也不再深夜回来敲门找她说话
我开始关心她留下的那些流浪猫
即使放长假也要给它们备好口粮
只为每天微信上向她报个平安

从今天起,我要放下眷念和牵挂
放下一肚子的"不合时宜"
同每一个黎明与黄昏握手言和
让风和草凌乱我的头发
还有剪不断的清影

活在当下,可以语音可以视频
一个人的情感过于花哨

怎么也逾越不了那道门槛

端着体面的架子

再好的剧情和台词也会被篡改

2019年10月20日 星期日

换个方式爱她

换个方式想她，或者换个方式

爱她。他都已尽力

案板上，放血的牛肉准备好了

去皮的土豆浸泡好了

抽油烟机掏空耳朵里的杂音

铁锅加热菜油纯洁的表情

就是无法分离出她要的番茄味道

霜降后的身体狂奔二十公里

仅仅为了火龙果和葡萄的模样

比坛子里的泡菜好看些

夜晚还得面对一瓶油辣椒吞口水

好在寒冷已被围巾棉拖鞋堵在门外

月光环顾的小提琴追魂摄魄

像在刻意隐瞒谁的身份证明

即使迎面走来，我也只有肉末豇豆
下白米饭。广场上
锦城丝管吹散舞步吹散栏杆
玉兰灯和松柏掩饰不了秋色
父亲母亲在水池边亲密合影
洋葱在任何时候想起眼里都有沙子
每个人都有不可更改的回忆和抽搐

还有行程和死亡。不合时宜的错别字
写满猕猴桃内疚的脸庞
缺点与失败都隐藏在屋子里，我承认
心长焰短的菊花超越了感伤和喜悦
吐出的重重叹息犹如火星溅落水面
让那些黯淡无光的生命再度苏醒
在超市，看名字、看价格、看微信

2019年11月2日星期六

傍晚的风铃

眼睛结尾处的这三声铃响
让合上书本的手转复迟疑

独坐窗前,天色的縠纹推远灯火
亭角飘落的风铃,将所有的对立
和障碍消散。片刻的失神里
是无差别的恬静、安宁和自由

回家的脚步加速夜晚的失重
他的眼里早已噙满泪水
哪怕只是短短的一瞬,被音乐
提纯的一瞬,也没能听到熟悉的
敲门声。知还的倦鸟掠过湖面
细碎的波光,微寒的秋风
拉长了傍晚的身影,一种从未
有过的慌张,迫使他从读后感中
收拾起心神,专注于铃声的回响

折磨神经的回响,有火电的声音
水电的声音核电的声音,但都
淹没不了她临别那一句话的亲切
隔开生活日常的亲切,哽在喉头
从枯枝败叶的残荷上漫溯过来
月光和灯光接不住无边的寂静
只有石榴还在墙壁上移动窗格
仿佛在抚慰 个八风吹不动的灵魂

越是用力，越是无力

铃声持久的回响里，夜晚像湍急的
河流，把想要忘记却又惦记的人
推向困境，让他一时不知身在何处
失去栏杆的依靠，脸上的表情线条
模糊，即使大概率的重逢
也无法辨出身份，也无法豁达从容

2019年11月2日星期六

两个月饼

今年的中秋比往年过得要早些
一张大洋彼岸的录取通知书
让一家人的团圆提前了二十天
为了告别的聚会，都浓缩在
这两个月饼里

两个小小的月饼，被分成五份
作为饭后的甜品，在月亮来的
路上分享。我们都希望她吃得
多一些，为了不在异乡忘掉

这个传统，也为了望月的甜蜜

五个人最终没能吃完两个月饼
世界在急剧缩小，收缩在胃口
这不是浪费，而是留个念想
在月圆的夜晚拿出来看看
不至于生出被抛弃的孤独感

有了这样一个分食月饼的经历
就能把羊从失眠的夜晚替换
就能把眼前的事心里的疙瘩
遗弃在十里长亭之外
让沉入水底的涛声跃出河面

2019年11月3日 星期日

伦敦时差（组诗）

徐志摩的石头

你看到的和我看到的一样
国王学院以一块石头的名义
宽恕一个诗人枉然求爱的忧伤
在他走过的康桥，河水无穷循环

那是怎样的一种忧伤？
为了忘掉而又追求的夕阳新娘
犹如诗中的云彩在波光里荡漾
让卑微的水草保持贞节好名声

这河里没有两张相同的脸
也没有两个相同的灵魂
长篙夏虫笙箫沉默的康桥
这比胆结石还疼痛的忧伤

教堂的管风琴已交出爱情乐章
扇形穹顶犹如没有尽头的退路
无数次的远涉重洋不过是来签收
一笔挥霍完了的青春账单

河流早已在看不见的上游拐弯
时间的二维码扫描出云水情怀
占有你所没有；汉白玉的石头
只截留了开头与结尾的两句诗行

回到桥与河寻梦的地方，你赞美过的
潮湿与光亮，都已在康河的柔波里还乡
吸引人们驻足的，只是石头背后的荣耀
——在剑桥这张名片上重新介绍自己

2017年8月6日

剑桥印象

如果一杯咖啡是剑桥的早晨
那一杯红茶就是康河的黄昏
闲坐后花园望天上云卷云舒

街上奔走的都是说外语的背包客

如果国王学院是座安静的教堂
那诗人就是块沉默的石头
在康河柔波的碎片里
水草和长篙撑出星辉斑斓的喧嚣

在数学桥敞开的穹顶下
逆流而上的鸭子像是在翻阅典籍
一场暴雨责备了它们的漫不经心
河边吃草的奶牛听不懂我的母语

三一学院牛顿的苹果树死而复生
照相的孩子旁若无人啃着苹果
科学的奇迹在每个人身上完成
尽管霍金的爬虫没能等来穿越者

"人去留影。"属于剑桥的哲学与神学
在那些古老建筑物身上缓慢移动
为了教堂的木门不被阳光推倒
请你不要在垃圾桶里弹吉他

2017年8月5日

院士花园
——献给艾伦·麦克法兰院士

你真的不该操心这些日常琐事
比如交还罗密欧与朱丽叶的椅子
比如温暖我窗台歇息的蓝布坐垫
在这空旷的草坪,你与石头和解

一块来自中国的汉白玉石头
连同一个名字已被岁月缩小磨光
就像一代代人从口语中提炼成语
在漆黑的门洞里,你的白发就是火焰

在剑桥这个没有交叉小径的花园
国王的形象已被青草和树木代替
一些人在朗诵诗歌一些人在排练话剧
只有你惦记着交还休息的长椅

比起那些狭窄局促的街道
属于你的花园更像是个迷宫
尽管秘密少得可怜,阳光下
我们仿佛都成了傲慢的智者

为了国王的荣耀也为了草茎的阴影
你把词语铺排成荫凉的行道树
给莉莉写信，给中国诗人站台
就是不谈玻璃世界和平时代的野蛮战争

明日的灰尘落不进这座四方花园
而教堂玻璃幕墙嘈杂的沉默里
接骨木已扶不起管风琴的忧伤
只有没被火烧掉的名字才受到特殊尊重

柏拉图式的蜘蛛网启发了你的大拇指
我相信，每个人的经书里都有正义
就像最邪恶的人身上也会有某种美德
风声带来狮子的怒吼，像在装饰你的房子

2017年8月6日

时间的爬虫

总有一些事情让你力不从心
比如蟑螂站在时间的齿轮上
想停却停不下来。钟摆永恒摆动

就像十字架上的耶稣有滴不完的血

"我将不会为我的灵魂找到休息"
哪儿都有激情的烂泥需要沙子搀扶
当风在天空的臂弯里变成铅灰色
我们不得不在信号接力中艰难前行

如果以不断延伸的天际线来测量视线
我保证,你看不出这面墙的弧形
就像教堂的内墙早已变成外墙
而神父早已宽恕那些长椅上坐着的无罪人

鎏金的蟑螂行走在鎏金的齿轮上
你有一种沉溺于备受重视的错觉
世界宽广,天空的脚手架箭一样掉落
在剑桥,酒吧始终处在街道的结尾处

历史就是眼前这个无限循环的圆盘
解开一个秘密才发现另一个更加危险
那些给时间留下线索的人不是被误解
就是被诅咒,过去现在未来只存在血液里

当紫禁城庄严的人殿上响起卜流小调

欧洲人正对这个无险可冒的世界感到厌烦
自然的谜底向一个好奇多思的心灵敞开
犹如教堂的穹顶落入吊灯规律的摆动

从成都到伦敦,我在晕眩中穿过庞大梦境
注视和谛听时间的人有的是时间
皈依宗教的人首先皈依奇技淫巧的钟表
只要风不停止吹拂灵魂就不会飘落

都市人心不累的活法并非只有出离
只要这蟑螂还在时间的齿轮上无声踱步
就没有人会在语法的错误中被处死
好像我们的脸上都写着无智者的魔法

在这密封的镜框里,你看到爬虫和自己
坐在时间门槛上。我讲述的就是正在发生的
如同你亲眼所见一样准确无误——
迫使你把丢在一边的事情都捡回来

2017年8月13日

夜晚的摄政公园

天空是透明的蓝
吞没一个城市的慌张和喧嚣
玫瑰和喷泉已经歇息,犹如
勇敢的国王睡了而懦夫却醒着

从你迈出希望的脚步开始
公园张开静谧的怀抱
手提路灯的树木照亮耶稣笔直的小路
也照亮迷宫里游客休息的长椅

在你来不及辨别方向的时候
弦月从枝头移出它的脸
倾斜的坡地和谦卑的树木
让桥梁和河流有了迷人的身段

这个藏身伦敦被窝的庞大梦境
像在守护亨利八世解散修道院的秘密
这样的夜晚只有数学家睡得很安稳
而诗人还在回忆旗杆上狮子的脸

如果伦敦眼是天空和宇宙的瞭望塔
那摄政公园就是女王胭脂色的迷宫
尽管玫瑰在夜晚仍有沁人心脾的花香
但风还是让闯入者有种被欠债的追索

2017年8月6日

酒吧的DNA

在被酒精麻醉之前
他们总是争吵不休
酒吧的墙壁和天花板颠倒过来
成为他们乱写乱画的黑板

酒精不断刺激神经和肾上腺
嘴里的分子和粒子粘合着蛋白质
像唾沫撕裂酒客的耳朵和心脏
只有墙壁和天花板忍受他们的折磨

酒逢知己千杯少。咱哥俩再干一个
再干一个就接近生命的种族和血型了
那些孕育生命生长凋亡过程的全部信息
一定就在这越来越浓烈的酒分子里

买醉的英国人克里克和美国人沃森
他们酒醉心明白,科学除了试验还得有酒
就像保持旺盛精力还得游泳或打网球
酒精的灵感告诉他们"生命是什么"

颠倒过来的墙壁和天花板
已容不下他们那些酒后真言
两个疯狂的酒客以掷硬币的方式
解开了人类遗传基因的全部信息

对酒客的宽容是美德也是文化
在剑桥街头这家叫EAGLE的酒吧
20世纪重大科学发现DNA"双螺旋结构模型"
至今看上去还带着几分醉态和天真

2017年8月5日

从威斯敏斯特大教堂到伦敦眼

隔河相望,一望上千年
天空终于可以把眼睛平放云端
神话和传说,爱德华或者莎士比亚

都比不过这座千禧年的数学奇迹

如果唱诗班和圣餐让人与上帝心灵相通
伦敦眼这个庞然大物就更让人接近宇宙
高大的轮子，水做的轮子，火的轮子
过去的，现在的，将来的一起转动的轮子

不在乎风鞭打狮子的哀恸，看轮子转动
那些折磨你的因和果就在这里
领悟比聆听钟声更让人幸福
我看见泰晤士河升起的山，生活在柱子上的

凯尔特人。看见那些撕破脸的狗
那些躲在神龛背后没有脸的神
还有狮子身上隐密的文字。宇宙中
微不足道幸运或是不幸运的自己

就是一根深埋地下180米的绳子
另一个人另一个国家的命运与我何干？
既然一头深扎进泥土的黑暗
就让浮在面上的雨雪把我彻底忘掉

从威斯敏斯特教堂到伦敦眼，上升或下降

我就是那个不信上帝的伊克西翁
把我绑在这个燃烧和转动的轮子上吧
因为在伦敦,轮子和狮子已经取代十字架

2017年8月6日

被时差颠倒的闹钟

偌大一个伦敦城,被缩小在曼彻斯特街
十酒店一间窗帘整天闭合的房间里
让你有一种被拥抱的错觉
就像成都与伦敦不在一个时间点上
黑夜却能把飞机的梦魇快递到黎明

灰色的房间,一层一层涂着红色的百叶窗
就像罗斯科尔在直盯着闯入的陌生人
这种被包围的亲密感
让诗人变成演算时差难题的数学家
这显然比克服语言的障碍更困难

游过天空的鱼,蹚过泰晤士河的大象
来不及撑开就收起的雨伞
歌颂机器和噪音的机器和噪音

连同对过去事物的仇恨
沿着两种视觉的差异摘下时间面具

你需要深吸一口气,怀着最美好的憧憬
去领略雾都的精髓,就像从威斯敏斯特教堂
昏暗曲折的参观走廊找到脱胎换骨的出口
有时如履薄冰无比艰难,有时奇迹般无比顺利
没人知道生命与死亡的按钮在墙上还是地上

就像这个被时差颠倒又被信号忽略的手环闹钟
每天准会在凌晨三点提醒你去面对这道难题
迫使你把丢到一边的外科手术手套捡回来
解剖夏天的羽绒被与大象苏丹粮仓样的身体
还得感恩这不是伦敦千篇一律的日常生活

2017年8月7日

大师在墙上

墙壁并未变得安静。挤满眼睛的嘈杂
这些从时间深处收集来的艺术品
不厌其烦复述着我们逝去生活的日常
散乱的片段瞬间获得了秩序和意义

钢琴前年轻女子的眼里岁月静好
镜前裸背的维纳斯让谁的青春吐芳华
骑马的查理一世走过秋天晨光中的田野
丑陋的公爵夫人花瓶里开出十五朵向日葵

画作在墙上醒来，偷走了大师的时间
除了画布的油彩我看不出更多名堂
但我们都尖锐地感到彼此的存在
无论皮耶罗拉斐尔维米尔还是梵高莫奈

他们对色彩和形状的语言提炼
偷走了属于我的午餐时间
试图寻找观看这些画作的正确视角
面孔中显露出一种绝不认输的表情

被谎言饲养的总督和绝望的贵妇
睡莲池边拿骨头的年轻男子和战舰
镜子里反射出来的奇特细节常常被疏漏
婴儿圣母天使被达·芬奇安顿在神秘岩石上

迷宫一样的墙壁拉长着画布的时间
人与历史之间横亘着的深渊在色彩中和解

尽管完美人生是无数大师一个伤心的梦
但我知道，他们的灵魂决不出售

2018年1月15日

自画像（组诗）

刀笔手

你的生活注定在时间的对面
被石头磨去锯齿的对面
在一轮旧时的月色照耀下
纯银制造的一庭晴雪坦荡无垠

浅醉今生。对一张琴一壶酒一溪云
留给后来人一个宽松的背影
见素抱朴的神龟吐出身体和头颅
试着推开钝刀雕刻的庞大梦境

绝学无忧的几点梅花行到水穷处
聊大天喝小酒，兴之所至
推刀而去耕云种月快意人生
狂心歇处── 往来成古今

得意而守形，法贵而天真
别无诗意的石头有了剑胆琴心
在你痛下杀手的地方
秦汉篆隶相互揖让，来不及叫好
气息生动的书生已跃然石上

家居万里桥西一草堂，闲举寿山
封门青，收集断简残章的蛛丝马迹
偶然砚田心事，面对一池莲花
像个独持偏见的月下漫步者
吹香破梦——借助一张宣纸相互凝望

2017年5月14日

烟斗客

和着夜晚的琴声，套上一双白手套
你小心擦拭这些古老的石楠根
让大海的波浪朝着一个方向竖起睫毛
让那些隐秘的往事显露出条理

夜雨已成溪，烟斗里还在飘雪

清醒比微熏更让人空虚
你感觉自己活在时间的外墙面
墨西哥湾那个著名的斗客早已睡去

这些印第安酋长留下的待客之道
让你成为一个脱离低级趣味的人
尽管我还站在时间的门里仰望星辰
接骨木早已打开澄怀观道的庞大梦境

是时候用食盐和酒精给树木洗澡了
用棉条剔除马克·吐温遗留的口水和墨水
让那个科西嘉岛的旅行者活在时间里
而天堂和地狱,只剩下一把斗的距离

2017年5月14日

老男孩

你不是我的闹钟,岁数也不是
把睡眠从嘈杂的黎明唤醒
是监视心跳的手环,十分钟一次震动
让你因为紧张而来不及告别

什么也不找。在这漫长的周末早晨
除了遗落枕边说不清来源的泪痕
遥远的马可·波罗和博尔赫斯醒来
忘了这朵花是蔷薇还是玫瑰

巨大的树荫里藏着腐败的甜蜜
不被注意的蚂蚁赶在暴雨前完成迁移
手风琴的忧伤和黄昏重新聚在一起
忽明忽暗,每一个都在讲着过往

锅碗瓢盆茶杯书卷甚至亭台楼阁
无不带着屋顶花园蕃石榴的味道
夜雨洗出了去和来之间的乡愁
陪伴似乎比药物更让人神志清醒

从牙疼到头疼,从落满灰尘的书架
到长满碳饼的烟斗,医院的大门整天敞开
你不想成为那个不幸的佣人。但你必须
成为生活的佣人——为了一双凉拖鞋

关心孩子比关心唐诗宋词更让人涨姿势
比如待客的茶杯至少十个以上
比如头发再长你也流不出美人鱼的眼泪

如果牙关能咬紧秘密微信就不会被拉黑

更长的一天或许在明天来临
更大的酒杯也追不回光阴的裂缝
多走一圈吧老伙计,被闹钟拉长的周末
更像是许愿池边打捞硬币的老男孩

2017年5月13日

透明人

从天空开始,天便主宰一切
有时透明,有时混浊,有时多愁善感
你有大把的时间在街道缓慢移动
风把多余的人吹散

从心开始,心便长满苔藓
犹如老树的根一律抵拢拐弯
酒后的那些慷慨和厚道都记在心上
只是人群拥挤无法拿出来惦记

从脸部开始,脸便出卖自己
眼睛躲闪,不放过身体的每段凉荫

青砖雕砌的屋檐下燕子正在门前低飞
大慈寺的钟声打断一千零一夜的苟且

从故乡开始,故乡便遥远起来
现实把肉体装订成风帆,随时准备躲闪
眼睛的过失。出于楼道的一个疏忽
你庆幸,在光明中遇见被脸出卖的自己

2017年5月12日

太极手

刻意让我看见,你在地上
划出的痕迹。虚张的手掌
推开宣纸上的墨,缓慢划出
方寸之间的清风明月

这样的表演令人慈悲喜舍
犹如藏身青山大海
唯独遗忘昨夜酒后的絮聒多言
我以为你是只温柔敦厚的鸽子

假装很用力推动空气中的墨汁

白云和猿鹤找到了抒情方式

自然典雅,亲切中有几分天真

下沉的丹田吐出道德力量

生活离我们太近,活着就有改变的可能

譬如酒后抚琴弄操,醒来戒酒自新

直到死亡打断不负责任的玩笑

你仍在缓慢推拿,划出千里之外的神驰

2017年5月12日

肌肉男

与双杠和解。让悬垂的身体

丈量黎明与这片开阔地的距离

让下颚的盐不被风吹落

犹如白发拿捏着分寸

只有臂膀坚硬的腱子肉

证明年龄就是个错误

那副八十岁时准备的棺材板

连同缩水的衣服显得多余

接下来该折磨光滑的单杠了
紧张的身体一旦获得自由
犹如老人在大海与鲨鱼缠斗
现在正是你的欢乐时光

短暂的欢乐。人和鱼终将老去
但你绝不会主动暴露智商
在干掉地上的影子之前
你得用铁棒给心脏加速

2017年5月9日

呼喊者

嘴巴准备。喉咙准备。
声音准备——喊——出来——
哦可爱的宝贝。我已准备好耳朵,
你怎么还不发言?

姿势准备。趁着黎明还在犹豫
蓝色的单膝跪地,紫色的双膝弯曲
橙色的抬头挺胸,黄色的举起手来
绿色的气沉丹田——

摸着自己的良心——喊出来
前面是广场是河流
不用担心失去准头的羽毛球
不用担心树木风干的耳朵

喊出来——发自肺腑的声音
去消除昨夜酒后的误会
去停住黎明慌乱的脚步
——用你略显夸张的表情

喊出来——你的声音我听不见
准备那么长时间——喊出来
现在没人。我不介意我的名字
从你略显宽松的领带蹦出来

　　　　　　　　　　2017年5月8日改

吹奏人

和清晨在一起。和河流在一起
赶在上班之前,来一段琶音练习
尽管这排箫的音域过于狭窄
你也努力让声音听上去好听一点

好听一点。一个简单的哆来咪
你从三月吹到四月,从河的左岸
吹到右岸,告诉那些低头赶路的人
你不是一个卖唱的人

这被牧神潘吹奏过的凤尾
在清晨嘈杂的河边
在春风铺排的堤岸上
晨曦看到你的执着出于真心

看到你优雅放纵的身体
尽管这竹孔的音域过于狭窄
一个简单的哆来咪,从三月吹到四月
只为阳光奏响大地的音阶

2017年5月7日

观棋者

我悔过。我不该哎呀叫出声
就算叫了也不该抓住你的手
就算抓住你的手也不该
把你的炮落到对方小卒子前

我承认。我太想赢下这盘棋了
我以为隔山打炮将军赢定了
过河的卒子横冲直撞不听号令
害得你损兵折将乱了方寸

我明白。观棋不语真君子
明白站着说话不腰疼
你们进行的是生死博弈
拒绝第三者的指手画脚

我发誓。再也不隔岸观火了
你们就当我穿了隐身衣
让我说出最后一句明白话——
就算你赢了,还不是得重新来过

2017年1月9日

风筝客

把去年衣服上多余的布料
撑在一张硬得可怕的骨架上
三角形的绳子套上倔强的脖子
身体的尾气就冲出了下水道

在河流看不见下游的拐弯处
手拿绳子的老男孩抬头望天
看着空中自己的飞翔
选择性遗忘生活的日常

风筝在空中发出巨大声响
神秘声音抹去期待的眼神
松弛的脖子因为潮红现出青筋
如此专注现在,像是在调遣记忆

在河流看不见上游的拐弯处
风筝的姿势和方向,掏空
被梦想充盈的身体,一如
积极的无聊邀请老男孩的幸福

2017年1月8日

跑步者

必须赤裸上身
像一根透明的红萝卜
在清晨或者黄昏的微光中
缓慢移动,划出光的弧线

必须从第一步开始
喊出名词或动词的誓言
无须有人听懂,就像
路边站立的草活着就为风让路

直到身体一半透明一半黑暗
呼吸如同飞鸟掠过的湖面
双腿早已在汗水中淹没膝盖
公园的长椅还躺在黄葛树下休息

这是场没有名次的奔跑
日出日落像上了发条的闹钟
催促这根透明的萝卜
在城市的某个湖边缓慢划出弧线

缓慢移出体内残存的傲慢与偏见

让杂草跟着喊出名词或动词的语音
让跑步记得在第三棵黄葛树拐弯
尽管这并没有给发福的身体带来宽慰

2017年1月7日

拳击手

没有对手。紧握的拳头挥不出
独自站在街角的花园舞台
听到相机声音响起来
才明白是一个过气的拳击手

过气的拳击手也是拳击手
多少年来,已经习惯保持
这站立的姿势——紧握拳头
如临大敌躲在拳头后面

像是在等待那人疯狂的一击
像是在寻找那人致命的弱点
但是那人那拳始终没出现
我不得不保持如临大敌的姿势

挣扎是痛苦最好的伙伴
额头上写满内心的日记
这不是我要的中场休息
我得为紧握的拳头找一个理由

肩膀顶着拳头的良心
有着日月星辰抹不去的激情
只要孤独被残存的希望充满
我真想和空气痛痛快快打一场

2017年1月2日

乡村笔记(组诗)

三渔村

早春二月,迷路的蜜蜂和蝴蝶
又重新回到风生水起的大地
花草正侵入缓丘地带裸露的泥土
新机场的跑道在山坡上一飞冲天
三渔村的人已习惯敞开嗓子说话

再大的声音也动摇不了鱼的眼睛
爬满皱纹的砂岩上,三鱼同首
颀长的身体花瓣一样打开,聚拢
岩石溃败的涟漪,目光犀利
逼迫窥探者交出惊讶表情

也交出县志遗失的民间传说
脸这个字首先不再有意义

相邻的地方除了"天",其他图语
因为年代久远,无法从鱼的神态里
读出有用信息,哪怕你上前一步走

只有风的手势指向明确。消失的河
拐个弯就让石桥有了弯曲的背影
寂静的苔藓刚被蜘蛛的光线穿透
水土孕育的万物已把树枝留给黎明
没有人会忽略旷野升起的炊烟和薄雾

多少年了,在岩石这张垂直的网上
即使意外分开树林,鱼的身影也甘愿
被时间捕获,用沉默唤醒生活热情
当痛苦和孤独的道路消失,请来这里
摆渡自己:"子非鱼,安知鱼之乐?"

2022年1月23日星期日

石狮萌

凸出前额的眼睛是认真的
凹进去的眉头皱纹是认真的
舌头抵住牙齿是认真的

胸部的铃铛是认真的，脚背上
小狮子的模样是认真的
坐立的身体认真了两百年
无论从哪个方向看
笑容是认真的，憨态是认真的

人一到这里，不得不收起那些
欲望的白昼，也不再担心
化验单上的高血压脂肪肝糖尿病
萌萌哒的石狮能让飞机跑道后退
三百米，也能消除你心中的慌张
只需一眼，这块认真的石头
就会截住你匆忙的脚步——
陪它在山崖的空地上坐坐

2022年1月26日星期三

花溪谷

诗和远方被建筑命名被河流表达
清风吹拂，岸边的花枝现出窈窕身段
一艘船才出发，另一艘已靠岸
风景一如阳光不在船舷也不在崇山峻岭

在折叠的波涛中,在吃草的牛眼里
痛苦和孤独的道路消失
人群依次走进竹林里的茶楼和民宿
没有人不爱这片刻的荫凉
也没有人愿意出让这份体贴的寂静

在这里,喷泉是用来呐喊的
野花是用来和膝盖相遇的
游鱼在瀑布的阶梯上散步
棍墙为身体造出需要的样子
焦虑和忧郁全都沉在透明的水底
成片的花海丈量不出昆虫的翅膀
移动的土地上承载着众星的归宿
不用冒险,也不用幻想
人生和自然的光泽已在溪谷显现

2021年6月13日 星期日

虎溪镇

只是一眼,我就认出了屋前的花楸树
在等待重生的古镇上,在缙云山下的
画家工作室。那时候雨水刚好来过

泥泞的道路和凌乱的杂草，正好将
城市的喧嚣隔离在山坡上
三米外的黄葛树挂满虎溪的过往

驿路的繁忙只剩下失去龙头的石桥
来回忆，驿站的繁华只剩下圆柱支撑
二五八赶场的规矩早被敞开的商场代替
中大路千年的历史在照片里也在书里
潺潺溪流虽再映不出老虎喝水的背影
却也清澈见底——尽管周边是断垣残壁

城市化的进程逐一收起这些桑麻往事
自然的精华先贤的遗存在时间起身那刻
有了当代表达。只要文化一直在更新联系人
文明的图腾就能在这片风水宝地熠熠生辉
既然香樟树下的柴火鸡还在热气腾腾
散落一地的乡愁就会在花楸树上重聚

2021年5月3日星期一

桑田里

蚕虫的口福令人望尘莫及
置身这片辽阔的桑田,仿佛置身
波涛汹涌的大海,硕大的桑叶
每天都被雨水擦洗被阳光翻新
在山水勾勒出的宁静与深邃里
不仅激起桑蚕无限的食欲
也激起她们对生活的渴望

唱着歌跳着舞的采桑姑娘
每天出入村前的这块画屏
即使风也端不动桌上的酒杯
她们弯腰的身影,被旺盛的桑林
吞没,又像海水带不走的礁石
一点点浮现出来,从未脱离
蚕虫的视线。而它们爬过的
每一片桑叶,无不显露出时间
的痕迹,无不与她们的青春
疼痛和热血有关

偶然路过这片桑田的我

仿佛一部分生命丢在了这里
采桑养蚕,把酒话桑麻
都不如学会她们的方言
像树下的根系,在大地的深处
与蚕相遇,以丝相连
让灵魂不再离开叶的碎片

2019年5月25日星期六

冬荷塘

初冬的阳光落在池塘上
缩小身体的荷已接不住光阴
在劳动乡正沟湾的七块田塘里
裸露的青萍面对空旷天空
有些惊慌失措,即使风一再
催促,也不愿放手荷的根茎

不愿放手彼此间的期许与珍惜
那份接天莲叶碧灿烂的情谊
在冬水田里编织成绿色画布
让荷叶的孤独有了温暖慰藉
即使残缺也透着某种自负

不低头，不妥协，不献媚
在画面的任意角落，都能
找到截然不同的取景框

收缩身体的荷，不过是扎紧
泥土的一种方式，不过是
把田野的孤独坐牢，用洁白的
干净的内心世界，把多余的
空白站成水墨，守护故居那位
诗人的明月与长风

2019年5月25日星期六

笔记本

红色的封皮里记满家长里短
比如赵大爷的兔子冷得打摆子
李大妈的鸭偷吃了王三娃的螺蛳
老高家的大耳羊长势良好，急着
在冬至前找个有钱的好人家

着急的事情远不止这些
春风开化大地，鲜花开满临江朴

没有阳光，油菜花再美的身段
也会无精打采，就像没有翻种的
冬水田，只能接受天空的冷嘲热讽

田间地头院里院外的生活日常
都在笔记本里汗流浃背
为了奔康路上不落下一个人
也为了老乡能在脱贫路上"站起来"
"走下去"，你必须执着于一时一事

内心的尺度，以惊蛰谷雨芒种为单位
让每个人都有勇气独自面对难题
都能用锄头解码泥土的红利
用声音抚平岁月的荒凉。你笔记本上
的心跳，是明月，也是故乡

2019年3月13日星期三

罗江春

那些深扎泥土的梦想
在河湾怀抱的山坡上
开出黄的白的粉的花朵

顺着三月的田间地头
错落有致,停靠在蝴蝶翅膀上
收纳飞鸟与自然的笙箫

这些家门口随处可见的花海
尾随考察田野的春风,层层叠叠
抬高了玉京山上李调元凭栏远眺
的目光。浩荡的春风
在视线不能抵达的广阔天地高低
吟唱,书写着醉月迷花的真诚

置身这漫漶不清的川西坝子
所有的痛苦和忧伤,都在炫目
的阳光下烟消云散,像一只无法
降落的鸟,飘忽不定
来路和去路,都在花的丰盈与
润泽中模糊不清。生活的困顿与
匆忙,都在这蜿蜒曲折的凯江畔
迎刃而解

花舞罗江。它们的脸庞一律向上
与阳光的方向一致,与大山的尊严
一致,哪怕蜜蜂轻轻一吻

也会掉下幸福的泪来
沿着泥土的小路在竹林里拐弯
瓦片上的炊烟提醒现在是正午
没有鸡鸭越过惊慌失措的机耕道
在阳光明媚罗江的春天之前
只有两列动车在高架上擦肩而过
只有无数的意外，在等待着相逢

当大地陷入沉寂，罗江人的风月
情怀依旧死不悔改。这姹紫嫣红
的花海，缩短了天空的距离
也缩短了雨村先生《曲话》和
《剧话》悠扬婉转的唱腔
即使经过了两百多年的时光
依然会在风起的瞬间，把我们的
内心穿透

       2019年3月13日星期三

山坡羊

1

终于安静下来。旷野收起喧嚣,
大地躺下身体。偌大一个广场,
只有一只羊站在夜幕边缘,
看羊不是羊,看人不是人。
是羊是人都已不重要,
重要的是谁也无法拒绝,
这满地明晃晃的月光。

月光注视下的栅栏,羊都
睡得安稳。时间能篡改大地上的
事物,能复制人的身份证明,
却无法阻止声音的长驱直入,
那本属于夜晚的精神护照,
带着浓淡未干的墨迹,把雀斑
都留在了羊身上,怎么数怎么
模糊。

这挤满夜晚的一只羊啊,
让闯入的异乡人有了失眠的依据,
让起伏的田野浮沉的灯火,有了

彼此勾连呼应的生活气息。
回到月光下的羊,头枕草的清香,
不再执着于一时一事,也不再
细数风中走远的神秘消息,
看羊是羊看人是人。它们知道,
无数的意外在等着相逢,而
羊的路上,没有同行人。

2
黄甲的清晨从一碗羊肉汤开始。
羊汤搭配白面锅盔,是黄甲人
早饭的标配。故乡有多远,
羊肉汤的温暖就有多远。而羊
内心的尺度,是以年为单位
交换黎明与黄昏。

这些热气腾腾的清晨,注定不会
被羊的伤感吞没。当冬日的
风霜雪雨试图封堵羊的生存空间,
它一转身就进入草的广阔天地。
一个人醉月迷花浪迹天涯,
像一片云在草间飘忽不定。
只有风低头的时候能看到,

它的眼睛里没有泪水。

高低起伏的牧马山上,所有的
痛苦和忧伤,都在炫目的阳光下
漫漶不清。身披泥土和草的光泽,
羊扛得过岁月的磨损,也拾得起
散落一地的霜。在清晨那一缕香醇里,
寻找到内心的慰藉。而羊昂首的
那一声长啸里,透着某种自负。

3
你看到的和我看到的一样
长风吹过两千年的时空
在牧马山的草间回荡
一只羊藏在冬天的身体里
像一截不动声色的接骨木
在杂草中收起嘴唇
张望我们每个人的表情

冬天把寒冷交给荒草,荒草
把体温交给山坡上的一只羊
辽阔的原野,古风吹拂的山岗
即使飞机把山坡的睡眠搞丢
羊也得在草的挽留里走完过场

我们每个人都可能在草的路上
遇到这只羊。一只吃草的羊
缩短了我们和蓝天的距离

2019年1月3日写于三学堂

玫瑰谷

这是诗人的一滴泪
落在震后的龙门山谷
以十年为期
开成一朵花的名字

无论你从任何方向进入
花园都准备了交叉小径
过去的事将来的事
都能在玫瑰中相遇

晨曦和晚风轮换的山谷
泥土已为大地疗伤
隐居荆棘的露水
正努力辨别香水是什么牌子

2018年6月25日

从前慢（组诗）

从前慢

那时候，时间都埋在土里
阳光埋在土里雨水埋在土里
庄稼埋在土里只有云在天上
一觉醒来，牛还在身边吃草

比背篓先填满的不是草
是肚皮的饥饿和母亲隔着
田间地头甩来声音的目光
阻止伸向玉米红苕的镰刀

汗水和饥饿成为时间的刻度
一个在泥土里快速扩散
一个在胃里快速膨胀
只是该死的太阳还在山坡上

2017年12月8日

老　屋

冬日的阳光从屋檐滑下来
巨大的黑影犹如海水落潮
沿着荒草的台阶一步步退下
像是欲言又止抑或重新开始

借来的时间都已还给泥土
隐喻如同生命看上去牢不可破
一缕炊烟显不出声音的轮廓
都在这里，你的血你的肉你神经的骨

那些被惊蛰谷雨芒种霜降轮回的
田间地头，在二十四节气里
固执地昏迷着，拒绝着风的好意
老屋就像荆棘扶起的一件有用摆设

再不会有人把倒下去的扫帚扶起
墙脚的皂角树和仙人掌越是茂盛
老屋越是苍老，要不是墙上的遗像
蜘蛛早已接管这里

偌大一个村庄只剩下一个清明节

极为耐心地等待压抑已久的眼泪
在偶尔月明星稀的夜晚放肆嘹亮
——谁让你向时间借出老屋端详

2017年12月2日

守　夜

夕阳在哀乐中缓慢放手
缓慢放下山岗、树梢和杂草
田野暂时一片空白，等待安息的
灵魂被哀乐和鸟鸣充盈

我点燃手中的蜡烛
黑暗迅速捧起这幼小的光
就像捧起她轻薄的灵魂
沿着光明的阶梯缓慢爬行

在把失去的睡眠找回来前
生怕一丝光从指间滑落
怕她在人间最后的气息
被秋风打进冰凉的泥土

幼小的烛火，虽不能让她
从黑暗中突围，却能让她
平添几许面对死亡的勇气
在道路的转角回到时间长河

烛火砌出泪痕，哀乐切薄黑夜
灵魂仿佛拥有了穿越时间的能力
等从死亡巨大的幻灭感中解脱出来
请原谅我这孩子式的偏执

2017年11月16日

遗 像

给空白的墙上挂张照片
让哀悼者的眼泪找到焦点
这是道场开始前的标配
但墙上一片空白。哀悼者正在前来

香烛和哀乐显不出她清晰的轮廓
不能让她的影子在墙上飘浮
照相馆一脸认真的师傅，却无法
从身份证和医保卡分离出她的面目

自责和内疚收起一路的悲伤
还好微信里翻出她一张近照
那一树红火的桃花被电脑砍伐
黑与白复原了她春天般的笑容

遗像挂到墙上,放大的音容笑貌
瞬间充满了墙壁和眼泪的空白
从四面八方赶来的哀悼者
感受到亲切笑容背后死亡的庄严

如今墙壁和眼泪都不再需要遗像
我们还是习惯把奶奶留在墙上
偶然整理带回的遗物,几本相册里
躺着好几张更适合做遗像的清晰照片

2017年11月27日

道师先生

给要流没流的眼泪致命一击
给要走没走的灵魂通关开路
是他们四个区别普通人的工作

尽管没人能听懂他们唱的念的啥

对神灵的尊重让他们看起来
比死者家属还悲伤还虔诚
在你下跪磕头前他们已屈膝跪下
只是他们的眼泪得让你来流

年纪最大的祖师爷已经八十出头
32年前他以徒弟身份送走了我爷爷
如今他带着徒子徒孙为我奶奶超度
一根旱烟杆是他从未改变的标配

年轻的眼镜是个80后青年
骑摩托玩微信嘴皮一张就挖坑
让你不断掏出兜里的人民币
面额小了入不了他的法眼

这些模样和衣着普通的乡下人
终日口吐莲花与鬼神交易亡灵
他们达成什么样的协议
由不得你信还是不信

32年里我只见过那位大爷两次

他的生活还是保持原样

而他走过的乡村却衰老得杂草丛生

不知是法力无边还是时间梦幻性透支

         2017年11月20日

打井水

上山的时间定在明天清晨

黄昏时分，一行人走向田野

在杂草和灌木丛里扒出老井

为一个口渴的亡灵打井水

道师用锣钹中止了老井漫长的

中场休息，露出不知深浅的晕眩

几点浮萍像不断扩散的老年斑

在残垣断壁的额头刻出沧海桑田

透过天空围成的取景框

我还没来得及看清自己

奶奶一脸的皱纹浮出水面

眼泪像幽光弥合井壁的缝隙

嘈杂的脚步已扶不起草的记忆
这个雕刻岁月痕迹的地下宫殿
在被污水处理厂推平靠山的那一刻
自来水让家里的水缸成为多余

对一个风烛残年的老人来说
每一次拧开水龙头都让她感到压力
仿佛只有面对这口沉默的老井
过去发生的一切才会在水中倒映

溢出心灵的光才会照亮生活的日常
保持低调和谦逊，拉开与时间的距离
尽管深埋草丛，那份如初的寂静
仍让你对视的眼睛藏不住慌张与虚伪

遗落荒野的老井，满脸皱纹
让我抛出的水桶显得有些犹豫——
想舀出干净部分而又不破坏它的样子
——谁来帮我解决这个技术性难题？

2017年11月25日

散灾饭

送行的送礼的帮忙的都围在桌上
吃完这顿伙食,咱们各回各家
没人会挽留你二天再来
安息的灵魂不希望说再见

至亲的儿女们可以吃肉喝酒了
奶奶已在八经八忏中获得自由和永生
她定格吃喝拉撒的那个时间
是传奇也是激励我们活下去的目标

道场结尾的这顿散灾饭
欢声笑语重新从粮食蔬菜里喘过气来
厨师的手艺成为大众点评对象
咸淡酸甜麻辣丝毫不顾忌身后的厨子

从鬼门关安全送走亡灵的道师
或许是法力掏空了身体
手里的酒碗走得颤颤巍巍
几块人肉下肚总算稳住了阵脚

回过魂来的村庄都围在饭桌上
少了哀乐伴奏的划拳声放开嗓子
道师先生的"二红喜"还没喊出口
一个电话打进来:后村的甘大爷死了

       2017年11月18日

旧粮站（组诗）

绣　娘

她们的快乐比生活简单
几根针线和几根竹竿
就能织出穿的衣跳的舞
向过路的外乡人交换审美趣味

三岔口这个逆着光的黎家小院
像高大的椰树密集的五色苋
阻挡了那只射向我们后心的响箭
犹如地图上某个空白处的桃花源

没人知道她们要在布上绣出什么
即使白银装饰了她们的发际线
她们也不会认为海风属于自己
真正爱着的恰恰是那些没用的事物

从北方到南方,从阴天走来的
一群寻找诗和远方的外乡人
在中廖村把自己变成一棵波萝树
只需要阳光和水,就能与虫子一起生长

          2017年1月8日

微 花

坡村很小,像你看到的花一样
无论蓝花草还是锦绣苋
哪怕是阳桃或者红花羊蹄甲
都只有在微距里才能放大睫毛

坡村执着于这份小而美
就像雨珠留念含羞的花骨朵
母鸡带着小鸡把屋前变成屋后
水牛把游客的目光留在田地里

在坡村,距离总是慷慨大方
不用去时光邮局寄找回厚重历史
公社食堂的大鹅蛋每颗铁骨铮铮

像千日红一样顶得住风吹雨打

        2017年1月7日

口　琴

他/她已经老得看不出性别
一把口琴却吹得那样青春动人
他/她从我身边走过
一把口琴吹得那样动人

坡村的时间流动得如此缓慢
看不出性别的老人
在琴声中消磨着岁月
占有我所没有的时间

就像在看到大海之前
我感觉到血在身体里激荡
过去的现在的将来的事物
都在口琴的结尾处呈现

黎乐园舞台上拉二胡的老人
承包了一个村庄的文艺演出

在这个黎韵悠长的世外桃源
每个人都是生活的表演者

        2017年1月7日

旧粮站

能够留下来的原住民
除了这些随风摇摆的草
粮站就只剩下了瓦砾——
一块块硌得墙脚生痛的弹片

尽管蜘蛛已经接管了这里
斑驳的阳光却从未缺席，岁月的
洪水退却后，那些残垣断壁
在辽阔的寂静中失去时间

误入废墟的杂草和灌木丛
在墙身的阴影里隐藏得很好
就连饿得心慌的山猪和鸡鸭路过
也禁不住黯然神伤

一道生锈的铁门牢牢锁住昔日

巍峨的粮仓，一棵颓废的芭蕉树
正在阻挡高速公路兴奋的脚步
裸露的泥土让村庄变得更加潮湿

倒下去的不只是无人收割的粮食
还有高大的风车和蜘蛛接管的粮仓
在这偶然的回眸中，如同年迈的双膝
——全都被青春所误

2015年10月11日

田　家

一晃而过的站牌
让你的目光变得短浅
甚至被挡风玻璃的雨水模糊
你也不愿意放弃对泥土的坚守

雨水堆积的泥土
除了生长稻谷、玉米和大豆
也生长密不透风的荆棘
让我有一种怀乡的疼痛

泥泞里充满巧合，我必须
踩着你的脚印行走
在辨别深浅中，让你的目光
学会拐弯，学会捂住汗水的盐

时间都跑到前面去了
而我还在你身后的田地里
为安静的村庄惆怅
为这些绿色植物拔除弱点

是的，雨水过后大树倒下
安静的村庄走出一位故人
饱满的菊花没有向风低头
我感到从未有过的惊慌失措

2015年6月25日

怀 乡

在雨水的琴声中勒住风
勒住河岸摇晃的细沙
把怀乡的疼痛一点一点
深埋进六月长满青草的田埂

这粒无数次钻进我眼眸的细沙
被飞雁带走又送回，保持着最初的模样
干净、锋利、卑微，内敛，泛黄的
岁月没能在它脸上留下爬痕

卑微的沙，平躺在河湾的故乡
仰望蝴蝶卷起乌云的翅膀
雨打芭蕉，绿宝石的光亮
犹如隔岸观火般坦然自若

犹如宿命无法拒绝
我把呼吸藏了起来
让这粒怀抱河湾的沙
坦然隐去荆棘和惆怅

当琴声寂然，近水含烟的沙地上
一只落单的孤雁，选择引吭哀鸣
就要被黛眉紧锁的村庄集体失眠
就要从枝头坠落的月光碎了一地

2015年6月25日

玉米地

从那后面。绕过污水处理厂的脚手架
你会看到一片完整的玉米地
硕果仅存的玉米地,接纳着六月的雨水
却拒绝向风摇晃的世界低头

队列整齐的玉米,挺着饱满的胸脯
阻挡你走向密林深处的上半身
我不能确定,所有的根都扎进土里
屈服于雨水渗漏的折磨

伸向天穹的头颅,试探着布谷的嘴唇
哪怕雨水折断翅膀,绷紧的视线
也从未离开那轮廓饱满的上半身
我能感受到火焰从后面,从背后

收割着这些发育良好的玉米
让这片完整的开阔地失去挡风的墙
让卑微的灵魂不至于死无葬身之地
让我伸向大地的手,不再颗粒无收

2015年6月25日

小　街

必须承认，青石板的街道已经泛黄
如同六月路边的李子，等待雨后
阳光的采摘。而这河湾怀抱的故乡
已经无力延展肌肉的力量

面临穷尽和崩溃的雨水
从潼南下到合川，涨满龙洞的
田间地头，让一个赶往灵魂聚集地的
风箱，无力拉动玉米和水稻铺排的村庄

从码头到戏楼，中间拐了两次弯
高低错落的房屋，都在等着对方低头
等着挂面的枯木迎来生命的第二春
而这长满苔藓的街道，已承受不住

旧时光阴的折磨。你用一生挥霍的铁匠铺
已经锻造不出收割麦地的镰刀
小街的生老病死，悲欢离合
都在戏楼的出将入相里走完过场

一如拙劣的剧本连灰尘都懒得翻动

乌云聚集的暴风雨正在加倍生长
而小街的另一半,在岁月的洪水中
始终不让你看到他的底牌

2015年6月29日

母亲的屋顶（组诗）

有些女人天生就属于苦涩的大地，
她们每走一步都会传来一阵哭声；
她们命中注定要护送死者，并最先
向那些复活者行职业礼。
——奥西普·曼德尔施塔姆

一

终于安静下来。安静的菜地
交出裸露的泥土，剩下几株藤蔓
攀爬着秋天的支架。地边的三角梅
在辽阔天空中亮出光泽

母亲安静下来。拾掇那些
秋天开裂的果实
连同风扫落的枯枝败叶

母亲终于有时间弯下腰来

整理属于自己的电视频道
把曾经分享自己劳动成果的姐妹
独自丢在小区花园。间歇性遗忘
让母亲有了难得的电视时间

泥土漆黑,像是在抗议
没有母亲的命令,它们拒绝入睡
也拒绝陌生人靠近——掠夺母亲
这遗忘的片刻安宁

二

被母亲的双手反复擦拭
这些背井离乡的泥土变得温顺
不再怀旧。俯瞰城市的眼睛
不再充满暴戾和敌意

当屋顶的树飒飒有声
枝丫上的月亮,蝉鸣和暴雨
泥土中那些野性不羁的生命
在黑夜中轻触我的灵魂

日复一日,母亲指挥泥土
改变餐桌的颜色和口味
在她的国,那双充满魔力的手
总能让星辰不再发出声响

透明的天空下,城市那么大
惟有这些黑得发亮的泥土
每天陪母亲说话。仿佛多年不见的
姐妹,仿佛又有了年轻的额际

三

仿佛刚认出的甜蜜
在我们睡眼惺忪的清晨
母亲已完成领地的巡视
摇晃属于庄稼和花草的黎明

哼着小调的睫毛上流着露水
母亲向天空翻译植物语言
四季轮回,简单枯燥
通往楼梯的大门毫无意义

就像在身体上留下印痕
母亲总在泥土里埋下秘密
等到春风吹拂屋顶
那些秘密就会破土而出惊喜

那些锁在泥土里的神秘幽灵
总能猜出我们的心思
在偶尔有客人来时
展示属于母亲的荣耀

四

必须得承认,在泥土那里
母亲又高又大,她的双手
总是令泥土充满畏惧
即使雨水退去也会有记忆

站在屋顶,母亲又高又大
泥土的挣扎也只是确认
为了那双致命的眼睛
不得不停靠在母亲手边

秋风延展着天空的弧度

泥土交出屋顶的睡眠
那一天即将来临
雷鸣般的钟声已在滚动

泥土就像一块老花的镜片
照出母亲寂寞的身影
也照出母亲沉重的叹息
还有晨曦微露的甜蜜

五

一片树叶惊扰了泥土的梦境
母亲总能找到安慰的话语
像个抒情诗人抚弄琴弦
尽管她曾经因缺爱感到委屈

这片被母亲溺爱的泥土
像是得到某种指令
牢牢拴住了母亲的脚步
在阳光照不到的地方排遣寂寞

粗糙的手，瘦弱的身影
倾斜的肩膀，天空震颤

逼迫空旷屋顶交出蔬菜水果
母亲的时间移动得如此缓慢

从未缺席植物的健康与疾病
母亲的身体一低再低
为了屋顶泥土的欢愉
好日子都已被挥霍完毕

六

母亲的屋顶越来越拥挤
从姜葱蒜到玉米南瓜青椒茄子
莴笋丝瓜冬瓜白菜韭菜西红柿
还有桂花茶花三角梅玫瑰玉兰紫薇

挤满母亲的屋顶。如同皱纹挤满
母亲的额头,足以安放我的手心
拿去吧,这是石榴,这是葡萄
这是蜜蜂已经亲吻的月季

当蚂蚁在屋顶溃散
母亲有了时间唠叨抱怨
那些被夏天烧红的泥土

冷却得如此缓慢

众鸟沉默的夜晚
在这片被母亲抚摸过的楼顶
月光皎洁，我看见
母亲的桂花碎了一地

七

仿佛命中注定。从乡村到城市
母亲手握泥土，比我们珍惜
做一个忠实的庄稼人
尽管菜市场就在楼下五百米

这些背井离乡的泥土
像是猜出了母亲的心思
努力活得好看一点
让自己拥有一个完整的名字

也只能是这样，其他的幸福
母亲也不需要。搬家时准备的
一张桌子，四把椅子
都不如泥土递来的一个枕头

这瘦得只手可握的泥土
在母亲手里不再与垃圾为伍
一阵风吹拂就是另一个模样
我得为她准备好休息的长椅

八

难以抵达,又如此靠近
这停留母亲幸福时光的屋顶
蜡梅盛开,在刺骨严寒中燃烧
谁的歌声又在祈祷?

这不真实的坚固根系
像鞭子一样抽打着楼板
母亲瘦弱的双肩
已经扶不住那株花楸树

这是些什么样的泥土?
拼命压缩着母亲的发际
看上去比睫毛的一眨更短暂
竟然在风的旋转里有了皱纹

这被城市高楼俯瞰的屋顶
像是为母亲定做的一口棺材
每次从那里溜达回来
我都有一种精华已尽的恐惧

九

必须说到母亲的美
这被母亲长久凝视的黄瓜
就像是不受限制的线条
描绘出她弓弦样的腰身

我喜欢这些细长的植物
保留着从前的模样
哪怕豇豆折叠成菜豆
母亲也能一眼认出

被寂寞浸泡的泥土
有了时间来回答
母亲那些不着边际的问题
在恰当的时候，现出人形

晚霞装饰了屋顶

飞鸟与树枝混在一起

母亲忙碌的身影

又在把体温埋进泥土

十

这是花草树木的欢乐颂

是文盲母亲献给城市屋顶的

四季乐章。色彩轮换

园林的天空不再清汤寡水

屋顶不会成为一种象征

秋收后的母亲也不会交出

空旷的反光和寂静

她会留下桂花和菊花的部分喧嚣

在有月光的夜晚,让花园平衡

我们所理解的简单与幸福

不过是她弯腰把自己献给土地

在蜜蜂亲吻过的地方收紧风与落叶

这汗涔涔的屋顶啊,落满母亲的

白发,就是没有一滴眼泪

她身上的日子总是让我目眩

还有满天星辰下,为数不多的自信心

2016年9月3日—9月6日

沙之书(组诗)

流 沙

一粒沙寻找另一粒沙
一粒沙试图删除另一粒沙
十万头沙豹筋疲力竭,找不到
荒滩留下的一滴水

颤抖着手,沙豹翻动书页
大海波涛吐出更多的沙粒
流动的一天从此开始
黄昏不得为落日付出欣赏

这是风或水移动的代价
沙的豹子藏在海岸或者后院
静静等待进退两难的脚步靠近
拒绝斧头砍伐出沙的鲜血

不要尝试挣扎着逃出来
为了治愈望不到头的哮喘病
沙豹早已抱住空无一人的椅子
迫使重回大海的危险学会放手

2016年8月6日

鸣 沙

必须让翅膀停止尖叫
让风抚平沙豹起伏的胸腔
在细浪欲尽的脚步里
倾听落日从长河走远

请尊重这片刻的真实
被放大的草根植物
适合沙豹疲惫的身体
折叠长河递来的落日

因为远山阴影的疏忽
风逃离沙豹的眼
敦煌最后的一滴泪，只能

在三十里外的月光下抽泣

走来走去,脉搏没有边界
在重新获得共鸣之前
秋天展开丝竹管弦,迎接
骆驼递来的故国青花瓷

2016年8月7日

平 沙

房间像纸一样安静
琴声激活的雪花
都在黑夜的荒地
放下青春的酒杯

那些取悦自己的名字
像挂在城楼上的风铃
笨拙地甩掉白云的戒指
乞求回到沙豹广阔的身体

在轻和重之间寻找水的缝隙
寻找沙豹身体的柔软部分

安放夜晚通往星辰的扶梯
让坚硬的沙粒披上大海的外衣

让房间的墙壁开出死亡天窗
让掉下去的眼泪移动扶梯
回收沙豹饮尽的酒杯
缩小它眺望雁门的眼睛

2016年8月7日

寒 沙

是谁向河流的荣耀发起挑战？
沙豹从人类的牵挂中醒来
出门太久，睡眠有些不足
面对夜晚的开阔地犹豫不前

失去温暖的庇护，沙豹心情抑郁
即使登上最后一级台阶
也无法抵达灌木丛照看的睡眠
只有习惯性簇拥在河流两岸

习惯性裸露出瘦弱的肩膀

接住洪水递来的枕头
向大河的荣耀发起挑战。野蛮地
将青花瓷的江南排挤在身后

从人类牵挂中醒来的沙豹
看了看河流中平凡的自画像
向着西北角，倾听大地心跳
等待一百以后的你拎着酒香来

2016年8月7日

黄　沙

请将我埋葬，不要露出痕迹
让我住进沙豹的身体
与死神共饮，与自己说话
保持一份对天真的渴望

现在沙粒围绕着我，以你们
看到的颜色，能够触摸到的
光和影。不要在我耳边低语
我要与沙豹共饮，尽管脊背发冷

短暂的天空下，鹰已踩出马路

翅膀是灵魂的天堂与故乡

有多少渴望就有多少祈盼

像蜥蜴爬出沙豹的身体

这不受欢迎的死亡证明

在我挖好坟墓之前懂得生存

宽容送走的何止是冬天

还有冒犯光影纠缠的裤兜

2016年8月7日

风 沙

背井离乡，是这个夏天

你必然的选择。去到海的那边

带着幼年的土，寻找爬满常青藤的塔楼

丈量从胸腔深处掏出来的静谧

沙豹照亮你的脸和沉思

在风暴过后的大地留下痕迹

仿佛沉重的青铜

翅膀领略过神的飞翔

这可爱的坦诚的少年
在风的迷宫里啜饮朝霞
不要去惊动他！你手指的方向
沟壑的据点早已拔除

把热和爱深埋草根吧
让落下去的沙变得坚硬
在下一场风里准确击中眼睛
还有悬崖边上的闪电与星辰

2016年8月9日

飞　沙

危险的飞行。风偏离了航向
沙豹的村庄集体失眠
寄存的行李还没人来领取
我们不得不在风里闭上眼睛

含在口中的薄荷糖
炮弹一样落进舌尖的池塘
你的名字如同波纹，拍打

烈日下荷花闪烁摇摆的睡眠

酸梅汤阻止不了身体的疲劳
帽檐的阴影拉长了危险的距离
透明的沙密集落下
地板上都是你滚烫的足迹

没有目的地的危险飞行
风的鞭子还在抽打着沙粒
人群中你像根透明的电线杆
我眯缝眼睛辨认着行李的主人

2016年8月18日

沉 沙

沙的世界正经历着一场战争
不是抵御风的移动水的掠夺
而是沙的豹子背叛沙丘
阻止秋天交还大雁的阵形

失去故国消息的沙粒
比月光更先感觉到危险

逃离已不是最好的选择
连一棵掩人耳目的草也没有

绝望不是沙想要的活法
也不是沙豹屈服于真理
一粒沙把另一粒沙推向前
很好地把自己隐藏在沙身后

一如你最初看到的模样
强烈、缜密、寂静、空明
闪烁着朴素道理——
我比你们都活得长久

2016年8月18日

哭 沙

失去风的翅膀
沙豹搬不动那么多的沙
苍穹下，秋天
也只是辽阔沙丘的弧度

三里外，沙豹和骆驼都在

等风来
道路是一生最可靠的盟友
山峦和沟壑都会不遗余力拽住

这是谁的漂泊史,总在暗夜
用篝火书写
一阵风翻过山梁,走过的坦途
又回到另一种光里的书桌上

道路拥挤,足以淹没前世和
喧嚣。只有痛苦还在翻阅
青草活在沙的国度
活成最刻骨铭心的一部分

2016年8月18日

第3辑

短歌

草 堂

幸好还有书籍,还有蜡梅。风
停在一动不动的正月初七
重新下载照壁上的阴影
花径随意拖拽着你迷恋的脚步
树木不多的地方只有灰色的石头
竹林守护的茅屋倒映着他的一生
池中的锦鲤,唤醒了热情

意外的柴门没能越过雨滴,疫情
也都藏在口罩背后,这唯一的
不知疲倦的等待,用植物花纹
带给我们生存智慧
浣花溪散落的篇章和诗句
电子琴声拾不起它们的重量

除了梅花赞美挤满游客的工部祠

碑亭和大雅堂前，瘦削的身影
保持一种古老的自由
青花碎瓷镶嵌的长久凝视
还原不了一个人的生活情景
这世界那么多人，万佛楼没法
为他们一一命名。楠木林现在平静了
你还在西岭雪暗淡的窗前独坐

2022年3月8日星期二

眼　罩

枕头和梦境彼此都爱那个时刻
青铜的光泽被沉默的墙壁收走
窗帘弯下腰
我们来到一个没有星辰的地方
雨滴在树枝间说话
声音像沙漏一样令人着迷

意识到冬天正将房间和床分割
树叶立马平息了道路的分歧
散落一地的器物没有酒杯
也没有水杯，持续很久的青春
没有欲望在玻璃上反光
娱乐和美食只剩屋顶桂花
接受时间在阴影中呈现

我们都老了，只有通过风
在门槛互相认识，让克制灵魂的
家具显得不那么笨拙和随意
用于沟通的镜子不再有灰尘和褶皱
睡眠打着手势，无人知晓的黎明
正朝闹钟攥紧的脉搏倾斜

        2021年10月21日 星期四

虔 诚

把一件重要的东西献出去
袖子的长度一直到达腕部
露出繁复的花纹与些许忧郁
看不出脐带上的冷漠与傲慢
也看不出睡眠的姿势是否
四平八稳。天空是蓝色的
今晚的寂寞却不能攀登
尽管献出去的姿势那么多
树下的时间更喜欢分享心梗
和冥想

我几乎能摸到身上渗出的汗水
呼啸而过的污秽和溃败的生命
在提前到来的寒冷里重新获得

立场。怎么看都是高出河床的
光芒,在背景音乐抬起的手臂上
随时生随时死的皱纹
爬满额头只剩一堆缺陷
风吹进你灰尘干净的眼眶
我仍在昆虫修复的边城
等着你把东西献出去

        2021年10月19日 星期二

秘 林

消息来得不算太晚
秋天在叶面走得缓慢
比迟疑的阳光缓慢
也比溪流的速度缓慢
我喜欢，这种慢

手机像是得了强迫症
在不断提速，不停刷屏
森林的朋友圈难得片刻安静
他们邀请我，两个四川人
在落满光阴的山路上
一个驻足风雨亭，一个朝向
上游看不见的溪流

2021年10月18日星期一

铁　树

夜雨不会照顾那些跑步的人
也不会照顾群山未知的疾病
有这样一棵树
铁定活在光的背影。在看似
很近的路旁,迎接刻骨铭心的
苍茫

成长与死亡的琴弦
从不会在交叉的小径流淌
偶然闯入街道的桂花
不过是季节散发的忧伤气息
通过改变影子来改变青春
在你准备醒来的床单下呼吸

不必理会波涛把生命放在沙滩上
汹涌的墙壁埋藏着童年的呻吟
折叠的问题堆满铁树的嘴唇
嫁给路灯和嫁给星辰,都不如
把梦境的胸膛悬挂出来。保守估计
风只忠诚于没有面孔的手势

是的,一棵树可以复制另一棵树
也可以重复一模一样的黎明与黄昏
但是飞鸟不会替屋顶抵抗
落叶的喘息,就像我们在谈论
一杯咖啡珍爱的自由、一滴水
折射的爱抚和沉重的光芒

2021年10月18日星期一

病　人

请打开我认识的那些道路
不用太麻烦,衰老的身体
威胁的就是橡皮树
镜片表情严肃,水冲布擦
模糊的事物还是那么焦虑
尽管我足够耐心等着,窗外
鸟鸣现身

眼睛的病人来了,用我教给
你的那些词语
抛弃树枝与大海的时间简史
移开大理石的夜晚
把失散多年的风琴找回
在半生不熟的曲谱里

整理往事的遗容，确认那些
镜片上需要停留的反光

走近的人需要空出一个位置
需要一束鲜花装饰门槛
尽管板凳和台灯没有多余
茶杯也不会站起来说话
在我战胜睡眠的房间
星辰什么也不找，椅子善良
如同白昼让我放心

2021年10月20日星期三

界　碑

没有什么比这更神圣的了
从一块石头到另一块石头
喀喇昆仑聚集了那么多站立的石头
保持姿势，守护国门之内的安宁与祥和
在大河源头和万家灯火的夜晚之上
拒绝一顶帐篷的越界酣睡

这些在加勒万河谷枕戈待旦的石头啊
有着大山挺拔的身体和大地沉默的品性
每一块都是勇敢、忠诚和铮铮铁骨
不妥协、不退让、不屈服、不畏惧
滚烫的青春和热血让苍鹰掉下眼泪
让雪山融化出"清澈的爱"
温暖着我们百感交集的黎明与黄昏

这些大好河山的唯一证人啊
似乎只有这样使劲才能让我们更有安全感
才能让我们看清那些欲盖弥彰的狼子野心
界碑站立的地方，一个家装在了里面
如果风要来叩首，必须是石头并通过石头

2021年3月3日星期三

渡　口

风吹进峡谷，赤水河整天醒着
在顺手的地方，渡口又在念叨
那些远去的名字
偶尔眼睛朝向对岸的二郎庙
先遣团的三条木船又在搬空
岸边战士。渡过河去
抢夺李家岗、侧击包谷岭、占领
把狮坳，俘敌五百缴枪千余
渡口在枪炮和欢呼声中水涨船高

风继续吹拂。硝烟散尽的大河两岸
只剩下纪念碑的石头相向而立
两次借来的门板，早已在老乡屋檐下
归位。水流湍急的疼痛与温暖

全都变成百感交集的印痕

哪怕杂草丛生,渡口也有一团火

随时在污泥和卵石间蹿起

透过岁月照亮望江凭吊的那人

      2020年12月6日星期日

盐　号

看见了。码头上全是盐
陡峭的街道、黝黑的背上全是盐
盐的身体抛光青条石路面
阳光铺上去，十二艘盐的船正在靠岸
盐的波浪拍打着山间茶马古道
雪山一样的盐仓门口
他们缺盐的脸，又黄又瘦

这沉闷的脚步，这单薄的肩膀
刺痛先遣团每一双渡河的眼睛
一个连的战士留下来，开仓分盐
火把亮了三天三夜，声震数十里开外
计德不配财的六大盐号充满恐惧
让他们的盐补充他们身休里的盐

让生死疲劳的人也有一片草鞋心

如今那些高门大院的盐号都还在
墙上的门牌号码不给人喘息的机会
在寂静中握紧心跳。把门都打开
一粒盐的灰尘也没有。消失的火把
消失的声音,要从房屋内部复活
必须是盐并通过盐,在我们的
血液里说话

2020年12月7日星期一

红军街

从茶马古道到红军街,无论哪个名字
都是这条1500米长的狭长陡坡
都是青石板在迎接南来北往的脚掌
青瓦四合院的木板房,高低错落
在二郎的山坡上。每一扇窗
都能看到峡谷里奔腾的赤水河

名字的更换始于1935年的早春二月
也始于家家户户屋檐下搭浮桥的门板
成百上千的门板束缚住湍急的河水
让那些舍生忘死的人保持冲锋的姿势
让倒春寒里的火把,燃烧出
焕然一新的土地

如今枪声已在悬崖峭壁间隐藏
汗渍和血迹将青石踏磨得光滑凝重
蜿蜒街道在蓝色天空下挺直腰身
榕树下红军故事讲堂的一声醒木响
调遣出每一个路人比记忆更强劲的风
仿佛每块门板还在托举着沉重的脚步

      2020年12月6日星期日

红军树

每一棵树都拥有令街道急迫的侧影
看见道路的消失骡马的消失
那些赤裸上身的背脊连同汗渍的盐
听命于茂盛的草丛和风从各个方向
侵入。码头整天敞开
一支队伍蜿蜒北上,一些背影将
树的视线淹没

这唯一的证人,最后的清醒
在时间消逝的途中
驻扎于陡坡的快板和手套里
穿过无数的夜,尽管有赤水河
点燃枝条分开意外的森林
一动不动的二郎凸镇

被这垂直的阳光捕获，在山腰汇合

不可战胜的根系聚拢溃败的生命
在爬满昆虫的吊脚楼
干人的脑袋示意你继续说下去
任何火焰都不能缩减他悬挂的微笑
在树和门槛之间，船夫和理想
足够你继续向前冲，足够你在树的
阴翳里幸福重生

       2020年12月6日星期日

酒　庄

破圈的最好办法，除了叙事自由
就是逃离算法。山峰削成一级一级
阶梯，让每一个寄情山水的人
要么雄才大略要么才华横溢
绝不允许风在括号里走过场
长在大地上的那一个个大酒缸
不是狂放就能抱起。从自我到忘我
它们已在四面透风的天空下批量造像
世说新语，只和有趣的人在一起

落在过客的视线里，每一次登场
都会有惊人相似的呼吸与心跳
诗与酒的想象力变得不可掌控
李白举杯邀月东坡赤壁怀古

化解不了人性和天性的浓愁
仰观宇宙俯察品类，游目骋怀
的名士与豪侠偷着信可乐也
这是他们独享的精神自由
也是他们超越世俗生活的日常
让每一杯酒能都切中主题
把人到中年的烦恼折巾一角
不附庸风雅也不沽名钓誉

        2020年9月14日星期一

酒　洞

是的，这是酒的兵马俑
也是酒的高门士族
不用口令，酒坛全部集体卧倒
即使苔藓满面，也保持抬头挺胸的
姿势。这些整齐划一的修行者
脚和身体都浸淫在岁月的长河里
听不到山风的呼啸，也握不住黎明
与黄昏。在成为绝世佳酿的路上
孤独和寂寞让偌大的洞穴没有多余
哪怕时间在它们面前转瞬即逝
自由也仅限于微生物回到洞壁
不规则的身体。在尘埃中堆积
尘埃，在玄思妙想中玄思妙想
只为一纸泛黄的出生证明

坐牢魏晋风骨和唐风宋韵
在人间有味是清欢的酒桌上
一口照亮饮者心灵的暗夜

2020年9月14日星期一

竹 林

黄昏的枝头，飞鸟
准备了休息的长椅
杂草让出道路
余晖在缝合缝隙

林外是水的驿站
选择是最好的放弃
眷恋与牵挂都有名字
更大的包容与豁达
不会拘泥于枯枝败叶
如同风吹不动脸上的表情

这是我要的黄昏，也是
我要的穷途与末路，竹于

打结的时间
足够放下喜悦与忧伤
一个可以和自己对话的人
自然清楚死亡不会仓促降临

就像瘦金体的竹叶
落着落着就有了耐心
哪怕一小块月光
也能看见一座空城
失去隐身衣的蚂蚁
如同所有想过安稳日子的人
把自己深埋进黑暗里

在黄昏的竹林,我身上
最亮的地方就是眼睛
因为瘦小,足以看见鸟鸣

2020年3月15日星期日

半 岛

岸的尽头除了水还是水
哪怕泥土重复折叠，青草
树木茂盛，湖水也只能
看到半张相同的脸
白鹭翅膀犹豫，不知
该降落还是保持飞翔

池塘里的半截烟雨画廊
误了春光也误了花径
竹林站立的地方
瘦金体的取景框催生了光
又遮蔽了光
即使明月也难赋深情

生活的品质看上去满目丰盈
哪怕旷野只是折巾一角
鸟鸣也能找到唱片的封面
园林摆脱对称纠缠
才有宽广的胸怀安放积雪
我不介意死水微澜淹没舟楫

半岛必有另外的新媒体
就像夜晚必定献身于火焰
挫败与眷恋早已互换角色
看得见的縠皱波纹都在岛上
看不见的平仄在枝头对仗
阅人无数，你明亮的额头让我怀旧

2020年3月15日星期日

对　岸

是楼的倒影，树的倒影
风抛弃的路提供不出证明
绕行解释不了植物的背叛
花开细节已被口罩遗忘
即使对岸打开所有的门窗
杨柳还是接不住一树的鸟鸣

流水百感交集，语速加快
春光从泥土指间逃离
折叠的时间在堤岸等待回头
一人的香樟树看不到月光
也看不到荷花
闪电投递的都是安静的阴影

我无数次去往对岸,却从未
抵达倒影里的楼宇
还有远处石头上的名字
没有商量的余地,也没有
伤痛的慰藉。再大的孤独
也是石头自由的一部分

2020年3月15日星期日

湖　畔

树上有风的黎明

也有鸟的黄昏

姿势一旦变得紧张

笨拙，再好的下午

也会被膝盖所误

从公园敞开的长椅走过

有的人在跑步，有的树

在散心，草追不上风

湖面捂不住胸口的湿热

堤岸弯曲，如同冬天的模样

2020年1月20日星期一

等 待

丛林让出一张六尺宣纸
大写意的几笔晚霞
连同迟疑和惊喜挂满前额
在蜻蜓细小的鼻孔下
万物静默如初,好像花朵
从未打开,树叶移不动光影
水中的八角亭被荷叶簇拥着
要不是天空打开菱形窗格
旷野早被刺耳的静谧占领

偶然进入的人并没有现身
村庄和炊烟也不着急
青草的舆论大势已去
放大的寒冷限制了想象力

树梢里的山脉连着山脉
埋藏时间的淤泥找不到出口
植物如此固执,废弃都不成比例
堆砌和渗透,在任意角落都美得
彼此纠结。既然星辰熟视无睹
何不停下来等河流先过去

        2019年12月22日星期日

延 误

树上的青春,全都被鸟延误。
翅膀能收纳黎明与黄昏,
却不能延缓衰老,也不能阻止
失去睡眠的切肤之痛,仿佛
每一片叶子飘落,都是地老
天荒。

世界在急剧变小,浪花在急剧
萎缩,风声一天比一天紧张,
细雨和杂草倒下去,
时间和泥土漫上来,即使大地
有白雪覆盖身体,冬天也会
生出一种强烈的遗弃感。

最踏实的事不是抱着暖水瓶
爬楼梯,也不是独坐灯火门槛,
等那个还在外面倒时差的人。
寒冷如此,晚霞慰藉不了
背道而驰的黑暗。剩下的灯光,
全都被打扫干净的老房子接收。

2019年12月20日星期五

标　准

进入冬天，我对生活的标准
一降再降，能不出的门不出，
能不走的路不走，能不说的话，
不说。哪怕眼前的事一件堆着
一件，心里的疙瘩一个摞着一个，
我也只是睁一只眼闭一只眼；
不是熟视无睹，也不是假装清高，
这双眼睛长满雾都森林，
望不了山也看不了水，阳光只会
使明亮的事物更加浑浊。

我已经戴上了口罩围巾，省略了
批评与自我批评，仅有的乐趣
也从取景框拿掉，内心还是被

一把草堵得没有缝隙。人到中年，
愤怒和礼貌都有了分寸点，
没有激情身体不答应，涌出眼泪
骨头不答应，只有降低标准才不会
纠结姓名。坐在祖先的土地上，
尽管我保留了一部分思考的权利，
咳嗽却无法从呼吸里连根拔起。

2019年12月17日 星期二

喇 叭

身边的河水,有健康的
睡眠。车灯懑朴走远,
遗弃的林荫和楼梯,分不出
好坏。时间和泥土被发掘出来,
夜晚急剧缩小,成为草地上
一只没有声音的喇叭。
耳鸣的寂静里,树叶属于蚂蚁
腐败的甜蜜,冬天仿佛另有人间,
既喧嚣又落寞,既节制又安宁。

喇叭躺下去,堤岸升起来,
身体最亮的部分就是眼睛,
可以目测天空的轮廓,可以
签收荆棘让路的账单。

半米宽光亮成为青春的一部分，
每个细节都在收紧风，关上窗。
季节再伟大，有时也不作为。
在东湖这个小地方，只有人都
躺下了，喇叭才会开口说话。

                    2019年12月16日 星期一

叹 息

是的。一笔画不出两根线条
也拾不起散落一地的核桃
喇叭声势浩大,推远桥的背影
也仅仅放大夕阳的瞳孔
天地相交的那条线
该是世上最长的线
这条线上,有縠皱波纹
有峭壁千寻,有雪泥鸿爪
和小桥流水,可起降飞机
可停靠舟楫。唯独骆驼
在沙漠的海浪里走成弧形
水的方向就是门的方向
青花瓷的故国一身烟雨
习惯性长袖善舞隔岸观火

只是眼睑的睫毛过于复杂

看不清迎面而来的敦煌

如何抛出飞天的彩练

在城墙上留下壁朴叹息

2019年12月12日 星期四

鹦鹉来串门

这个不请自来的家伙,因为瘦小
眼睛更大,小米提不起它的食欲
只有比笼子更大的房间让翅膀兴奋
从书房到客厅,从地上到墙上
都留下它的脚板印,丝毫不忌惮
相机的存在。想要捉起来把玩
它转身跳到书柜顶端。逗你玩呢

它蹩脚的飞行能力,以及左脚上
挣脱锁链的八字环,暴露身份
也暴露性格。这个向往自由的好邻居
仿佛在持久地渴望一种开阔的新生活
它在房间里的吵闹声,犹如一把火
将我内心齐腰的荒草化成灰烬
热乎乎的鸟屎,让整个下午无比踏实

2019年11月3日星期日

洗 澡

从头到脚的咳嗽病,隔着凉席
也能打湿七月的枕头,剩下那些
虚名,到过很多有名的地方
只是发福的身体像是从未出发
如同一片羽毛,由不得自己掌握
命运,内心残留的不规印痕
需要纠正被睡眠颠倒的身体
退回原点的汗渍梦痕都在衣服上
需要用水来抹去出生地
这是黎明的最好的疗伤方式

水声的漫漶里,我对自己的身体
充满兴趣。最初的激情失去兴趣
生活对奔波变得敏感,像是败血症

即使跨越时差的喧嚣与寂寞上门
也得用沐浴找回自信与从容
对一个形式上的完美主义者
江海寄不了余生。聚散本无穷
唯有水长流，切薄的身体
在花洒拧上的那一刻
又将是血管站起来说话的一天

                    2019年10月19日星期六

中　药

在季节交汇点发育成熟的湿热
需要望闻问切药到病除
处方字迹潦草，以克为单位的苍术、
茵陈、防风、肉桂、吴萸、川芎、
北沙参、地黄、厚朴、郁金、葛花、
广霍香、芦竹根、法半夏、草豆蔻、
桔梗、秦艽，从《本草纲目》走出
散装在同仁堂四五百个抽屉里
弥漫的气息令人慢慢缓和下来

缓和下来的眼睛环顾整个药房
缓和下来的耳朵学会了欣赏
只有一杆戥秤在抽屉与药单的
距离甩往返，药师随手一抓

维修身体的药草无论名字与重量
都被准确取出，接受审查
被这门熟稔自如的手艺感染
不在乎那些人心成见的潦草笔迹
最后被一根麻绳拎走

                    2019年10月19日星期六

小　巷

一百米左右的旧时光阴
在午后折叠成豆花饭面馆茶铺
裁缝店麻将室修车摊按摩房和
健身器械，拥挤在狭窄巷道
生锈的竹椅上，干完饭的大爷
喝着盖碗茶抽着叶子烟
眼睛纠正不了小巷的弯弯曲曲
也纠正不了打错的牌下错的棋
一地鸡毛的琐事在门框进进出出

落满残叶的屋顶捂不住瓦窗气孔
留给天空的枝头已探出新芽
迟钝的阳光还在地上闲庭信步
即使转身，碎片也只是趴在门板上

隐身阴影里的老房子，每个身体
都藏着别人的信息，生怕一阵风
吹走小巷的身世和方言

城市已在玻璃幕墙和立交桥的
喧嚣中，长出新的天际线
小巷还在无数的意外中等待与
春风相逢，要不是墙上的门牌号
周围的车水马龙早遗忘了这里
要不是每隔几米站立的梧桐树
真区别不了街坊邻居的面庞
拥挤的巷道，要不是人与人之间的
距离太近，一百米真装不下那么多
生活日常，也装不下那么多旧得
发黄的烟火记忆

只适合在照片里凭吊的这条小巷
犹如一条时间的河流
让每一个穿城而过的人
都有种无法原路返回的恍惚

2019年4月1日星期一

擦皮鞋

从冬天一路走来的皮鞋,鞋面贮存
了太多的信息,刷子擦上去
那些深陷脸颊的时间和故人全都
跳了出来,如同火星溅落水面
远远近近浮沉,深深浅浅聚散
让手中的刷子变得犹豫
即使鞋油也难填平鞋底的不平
那里有北京、云南、重庆和四川
一个季度走过的八千里路云和月
他们在宽大的鞋底说着各自的方言

出门在外,走南闯北
一双皮鞋丈量着大地和人世的
辽阔,也收纳着路过的乡音

灰尘和泥土让脚步走得真实有力
也让我记住那些出其不意的重逢
如今春天已被风吹老,一个冬天的
足迹在鞋底找到归宿,在被刷子
按下暂停键、被鞋油抹去认同感之前
显露出自然的色泽
也拥有了穿越时间的能力,给要流
没流的眼泪致命一击

被鞋底放逐的时间,被鞋面收纳的
光阴,在清明节阳光明媚的下午
收起了一个季节匆忙的脚步
我无法确认那些走过的路是否存在
只能用刷子鞋油和抹布,让它时刻
保持重新出门的状态,毕竟
鞋子合不合脚只有自己知道

2019年4月5日星期五

楼　梯

生活与梦境,隔着十五步梯的
楼梯。在每一个清醒的黎明
我从梦境出来,楼下是灯光
或晨曦铺排出的未知数
刚踩过的楼板在身后消失
新的楼板又在转角处重生

对一个逐梦他乡的人来说
道路无穷,尽头不可预知
唯有黄昏里的楼梯眉目清晰
与梦境隔着十五步的距离
没有米粥的清香,没有中药
的漫溢,前面的平地上岔路
在延伸,楼高十八米层高五米

我只有把自己交给楼梯
一切行动听安排

这么多年过去,十五步楼梯的
距离从未变节,把道路攥在
黄昏与黎明的手中
即使刚踩过的楼板在身后消失
新的楼板也会在转角处重生
建筑在虚空中的楼梯
内部不会有层出不穷的岔路
只是膝盖已移不动窗格上的
小块月光,剩下的人生
只能在这楼梯上虚度光阴

2019年4月2日星期二

春夜喜雨

从河面起身的风,抖落瘦金体的
河滩,也抖落杨柳细细的腰身
留给冬天的梧桐树被顺道解散
桥洞的取景框还在勾勒夜晚的
宁静与深邃,留给梦境的枕头
已被突如其来的一场雨打湿

隔着枕头的冰凉,好雨与我
在暗夜里辨别各自的方向
或许是公园和小区岔路太多
即使有路灯指引
雨也只在花草树木身上落
只在人的梦境边缘落
落笔有声。透过笔势的婉转
轻重缓急,几乎看得见手腕的
抖动,听得见呼吸的节奏

灵动的线条悦耳的音律
把一段温暖记忆留给匆忙的城市

我们在各自的命运里起身
不为抵达,只为那份通透与开阔
能预留适当的空间,让唐朝来的
诗人,不再执着于一时一事
也不再有无着无落的孤独与悲伤
百年千年太久,春天只需一阵风
就能吹老,夜晚只需一场雨就能
失眠,时节只需一首诗就能唤醒
大地早已植被旺盛花朵风流
人只需要面对自己就可以

留给黎明的窗户被鸟鸣充满
雨滴收起宽袍大袖
跌落地上的花瓣显露出时间痕迹
夜雨的神态、呼吸与自由
即使被墙脚旺盛的杂草所吞没
灵魂也一直没离开过它们的碎片
只要你想起,它们仍停留在梦里

2019年4月3日星期三

椰　树

在海南，与一棵椰树对视
你需要准备足够大的眼睛
无论海边还是路边，任何一棵
都能卸下你四面八方的杂念

风的括号里，椰树排名不分先后
接续向你诉说大海的辽阔
天空的深邃和人世的沙子
都在激情的烂泥中燃烧灵魂

身高和距离不是问题
只要眼睛是平等的
即使坐在树下的长椅
也能与石头和故乡和解

站立,以椰树的名义
看山是山看水是水看人是人
这个岛屿从来不靠废话生存
即使保持沉默也不会信口开河

即使海风停止吹拂,椰树的灵魂
也不会飘落。越过那些干净的
沙滩长椅,镀金的天空中
飞鸟带着世界的方言闯入

2018年1月7日

海 滩

天空在她的臂膀里阴沉着脸
细雨让浪漫变成无效合同
五源河湿地公园的这片海滩
草茎的阴影摇晃在沙滩上

从东到西,又从西到东
她重复着弯腰的姿势
捡起别人丢弃的矿泉水瓶
不让灰尘在沙的呼吸中燃烧

偶尔抬头仰望守护大海的椰树
那是她唯一可以倾诉的对象
这片海滩造得如此美丽,仿佛
在设计时就考虑了她的位置

为了排遣她的孤独和劳累
我故意在沙滩上留了一行字
"我决定去谷仓里度蜜月"
——为了让她过得体面些

2018年1月7日

下午茶

这是一天中最好的时光
盲目的早晨和喧嚣的黄昏
都已在瓦片上掸去灰尘
四方天井只剩几瓣茶叶在杯中游走

书生和小姐都在书中午睡
青鸟看见的一庭晴雪,已被蛙鼓蝉鸣
移出宽窄巷格律整齐的月门
褪去一身骄傲的太阳像条哈巴狗

安于现状,下午的茶杯清澈见底
偶然回忆也只是迫使嘴唇战栗
再宽大的风从巷子里冲进来
也只看到我瘦削的背影

既然生命被系于一根绷紧的弦上
何不在夜晚的练习琴声响起前
一个人守着一杯茶
不惊动别人也不惊动自己

2017年5月21日

第七日

借来的终将归还

失去瀑布的石壁弯弯曲曲
为灯光寻找落脚点
阻止青苔坠入寂静的陷阱
夜晚一脸正派,排斥着杂草

在这诗人休息的第七日
失去睡眠的树叶掩盖着黑暗
阻止春风泄露丛林的秘密
手段铁腕,不漏一丝缝隙

路灯不得不重新审视自己
心情想必是沮丧到了极点

试图摁住黑夜,草却跳了出来
——光明被缩小在长椅边缘

借来的第七日,将向谁归还

2016年3月1日

晚　安

一张并不柔软的沙发
宽恕了我的睡眠,如同
盆栽绿萝原谅了茶水
让我们为失眠的房间祈祷吧

祈祷爬满常青藤的塔楼
又是这样灯火通明的窗口
祈祷浸在泪水中的陌生人
能正视自己手背上的伤口

同样的情景,反复出现在
离别与相聚的窗口——看着
挂钟在烟斗的战栗中逐渐黯淡
接受香椿树递来的满天星辰

把灯吹灭吧！这失眠的房间
已不需要你去重新认识
如同真皮沙发已假设了我的梦境
窗外的梨花缝合了奔马似的群山

在这闰年二月加长的一天
夜晚堵住了所有通道与出口
微风带着哨音从门缝里吹进来
我们清醒活着，互道晚安！

2016年2月29日

听着雨声

一滴雨从十八层高楼坠落
院子里倒下去的草在疼痛中醒来
身体在霏霏春雨中迅速衰老
一块方砖梦见了冷漠的楼梯
就是不曾梦见自己站在大路中间

倒影里有弯曲的楼房
银杏已习惯伪装天空的寒冷
习惯在夜晚堵住鸟的嘴唇
岁月空洞,并不代表灯光寂寞
就像大门深藏不露的骄傲和矜持

听着雨声被打回原形,犹如
雪化后脚底依旧是扶不起的烂泥

河流粗壮的神经已磨得极为脆弱
仿佛风一吹所有的秘密都将破碎
仿佛每个人都会在镜中遇见自己

这高楼坠落的一滴雨啊
注定不会成为光和影的殉难者
注定会像钢针扎进夜晚的软肋
春天的纸屑再也承受不了字的重量
——有许多的秘密正在被轻轻说出

2016年2月23日

台 历

不要触碰那些并不简单的数字
从头往后,还是从今往前
都是你无法承受的惊骇
一如你走时房间的模样

关于一片树林的打开方式
犹如萝卜咬到根方识淡中味
要说如意,还是枝头枇杷
蜻蜓刚刚来过

躲在一匹芭蕉叶的阴凉里
等风来。水仙花和蝴蝶
掠夺了属于假山的清晨
芙蓉在秋水里仰望蝉的高冷

喝下这沸腾的热汤,你就是
冬天里烧红的铁。残荷
无须抬起头,失败的印章
早已收拾残局

新年的阳光都缩小在纸片里
无论你怎么翻
总有一种遗憾填满额头
迫使你放下不切实际的幻想

2016年2月15日

绛 雪

也许我看到的有限,从我结霜的窗户。
也许你看到的更多,从那白雪覆盖的旷野。
在我们之间,是一条并不交集的铁轨。
缓慢行走的火车,正好丈量我与你的距离。

这是星期天的早晨,不会有其他任何人
到来。甚至无须从黎明的山洞睁开眼
在旷野,这些迟到的风景为我们出现,
如同公园里为你准备休息的长椅。

这世界如此美丽,就像新年来到门口。
我将和谁移动书桌,轻轻摇晃玻璃酒杯?
我在渴望的低语中想着,
那株高高的我可以够着的山楂树。

静静的欢乐,像是很晚才发现的一种绝症
只留下两个误入歧途的脚印。在这旷野的
雪地里,为了新的栽种,你和我都在猜测
火车下一站到哪里?

2016年2月11日

何　园

院落虽小，气象可观。
倾斜的阳光，把近月楼
定格在西北角的山腹之间
屏风一样的山庄呼啸而来

叠石成山，植树成荫。
再好的别境怡萱，连同
晚清片石山房的玉绣春深
莫不是石涛的人间孤本

归去来辞的太湖石
长满家国情怀的藤蔓
在秋天干爽的屋顶且诗且酒
开卷泼墨的半壁书屋气韵天成

进退与共的翰林书香

写满高墙深院的别致花窗

一波三折,重叠繁复的曲折回廊

蕴藏着朴素无华的十一则族规家训

雾月清风。空透瘦漏的天空中

残阳照壁,红枫似火

桂花深处香

最难不过风雨故人来

2015年12月22日

溱　湖

这是谁的道场？水流云在
一队摇橹船，撑开了狭窄湖面
阿婆的咿呀歌声忽略了外婆桥
一路追赶着秋风中奔跑的簖蟹

深陷草丛的麋鹿猛然回头
却发现草已枯萎，只有残荷
还在捍卫夏天的形容词
那些被遗忘的水草逐渐清晰起来

逐渐清晰起来的林荫道，终究没能
走出黑天鹅眼眸深处摇晃的火焰
一如这站立水面的观音造像
为了黎明，抚摸天空的额头

褪去繁华的树木,让溱湖有了
秋天的味道,空气是透明的水
这藕,这慈姑,这颗粒饱满的稻穗
让溱湖又有了故乡的味道

        2015年12月4日

接骨木

火光退去。被夜莺诅咒的森林
只留下满地灰烬。黑色的接骨木
漂浮在岁月的河流,接受施洗

这里应该有一座山,被毛笔反复
擦亮雪的光芒,被巨鼓反复擂响
——只有你听到并且回答

接骨木。孤独的黄金叶
撑不起隆冬的天穹。风停止吹拂
池塘里没有一丝波纹——而你

像飞石落入我眼眸的深渊
——明亮中有着巨大的黑暗

犹如这漂浮在河面的接骨木

一半是清醒,一半是睡眠
墨水退去的淤泥,很好地
掩盖了疾病的扩散

2015年11月21日

花　下

是泥土，是杂草
是露水透明的理想
和青苔巨大的寂静
集体拒绝栅栏的慵懒

蚂蚁在亲吻你的脸庞
蜜蜂在风中收起翅膀
那些俯下身来的人
在亲吻你的眼睛和额头

攫夺属于你的黄昏
在枝叶铺设的阶梯上
保持对天空的问候
像呼吸被大海的波涛抛弃

赞美的歌声那么多
我只在乎睡着了的名字
不要因为一阵风
断送终老一生的友谊

2015年8月19日

岩 下

像鹰,撞击我的胸膛
在黑暗的空隙处
一块岩石阻挡了风的退路
胆汁回流,一座山从肩上卸下

身体被世界的胰腺侵蚀
让桌子成为桌子的不是树木
是你向外倾斜的胳膊肘
很难说,这些石头曾来过

唯有呼吸是自由的
被碾压的泥土挤出泪水
这血肉之躯的蝼蚁,爬满
岩石蜂窝一样的脸庞

请继续说下去,为这些孤独
喂养的无名氏长出良心
为石头装饰的大门千姿百态
鼓掌吧,不用担心风会伤感

        2015年7月20日

桥　下

是河水的好脾气,是倦鸟的黄昏
在一百年的跨度里梦见黎明
雾霭刺痛眼睛,白鹭老去
忘记上一次飞行的姿势

风过留声,只能是蝙蝠的翅膀
拂过鱼的屋顶。石头的心脏
竟然有了冒犯的悸动。垂下眼睑
顺从并保持耐心,签收波涛汹涌的账单

给城市的动脉输血,即使车水马龙
你也别指望,胰腺病人能忍住疼痛
取悦睡眠。哪怕从一数到一百
九只眼和三只眼,都不会屈向梦境

沉默犹如笔墨的惊叹号,在地上
拉长落日的侧影。如果悲伤
注定逆流成河,就让桥让出穹顶
接受满天星辰的脱帽礼

撤退并不是这片开阔地的明智选择
只要身体的血是热的,即使岁月洪荒
干涸的河床也能勒住石兽嘴唇
告诉那些正在动摇的卵石敞开胸膛

2015年7月13日

桥 洞

向河水交出睡眠。看在
过去的份上，不再向帆船
索取放下桅杆的广阔烟波。
我的大门整天向竹排敞开。

向鱼敞开石头的静脉动脉，
也向黄昏交出白鹭的翅膀，
勒住火车就要鸣响的嘴唇，
让落日在水中更加完整。

就像一粒灰尘紧紧抓住抽屉，
拒绝风的求欢，拒绝星辰的盐
铺出闪光的台阶。事实上，黑夜
顶着天花板，才会有安静的睡眠。

才会有低头的温柔与浪漫。就像
顺流而下的河灯，看到的永远是
神秘的半张脸——用左脸将你迎接
转身又用右脸将你送别。每一次穿越

都如同逃离童年的深渊，尽管我已
适应眼睛向下看，拦截上游的消息
这么多年，水都到天上去了
除了杂草淤泥，就是石头和生锈的铁

2015年5月25日

晨 曲

最先映入眼帘的,不是泛着金边的天幕
越来越黑暗的山,就要挡住鸟的视线
炊烟停止张望,翅膀在旷野的窗台
用昨夜的温暖积攒睡眠

我确定,山上的树木都已醒来,保持
晨练的姿势,拒绝落叶试探山谷回响
薄雾升腾,一颗遗失人间的露珠
渴望回到天空的堰塞湖

白鹭离别的渡口,挤满出门远游的鱼
竹竿找不到入水口。哪怕一米距离
也会伤害鱼的胸口,也会偏离航线
还是交给风吧,尽管这船没有帆

雪山开始吐出金子,飞鸟惊飞翅膀
放下羽毛的杂念,接受霞光的洗礼
只有树木保持肃静,即使被金光破碎
也一如既往地守护着这斑驳的清晨

2015年5月19日

鸟鸣涧

那把冰凉的铁锁不停生锈
柴门已经掩饰不住夜的难产
在羊蹄甲的春天到来之前
鸟用力站住脚,不让光推倒

当水草扎进石头的肉里
岸边沉睡的木头惊醒过来
树叶悬浮在灿烂的阳光里
多么像一只海底沉船

置身这铜镜般的溪涧里
让眼睛习惯性先适应黑暗
就像昨天夜里,面对门后的深渊
我稳住身体不计光线从背后冲过来

我不确定,广阔的黑暗里
有没有贫穷,疾病,离别与重逢
唯一能确定的是,在鸟鸣过的地方
细沙正在摇晃鱼的操场

2015年5月15日

你还没告诉我

你还没告诉我,那些被祝福了的
花朵,是如何开成马匹的林荫道
在我转身后,新九的群山上
夏天正在高大的木棉上乘凉

或许是人间的清晨过于寂静
远处的雪山故意在窗前留出黑暗
让飞鸟有了翅膀的方向,让村庄
很好地隐藏在渡口、楼台的惆怅里

旷野如此孤独。在我转身的地方
橡皮树习惯性长出新芽,独叶草
指示着天空的纯净度。奔流一天的溪涧
停止系统更新,山水合成的罗盘停止转动

是的,一张纸洁净不了水中月
也捂不住石头在海里张开的嘴
杜鹃忙着为花的马匹布道。你还没
告诉我,夜莺已戴着口罩飞翔

2015年5月12日

湖　畔

我犯下的每一个过错
都是为了走进这黄昏时分的湖畔
与泛着绿宝石光亮的树木交谈
和转动聪明眼睛的飞鸟对视

吸引我驻足的,不是宽阔的湖面
而是拥挤在湖边的野荷花
还有湖心小岛上歇息的白鹭
以及早已为你准备好休息的长椅

雨丝落下,湖面涨满忧愁
我看到,雨水洗去树叶的罪过
结满雨珠的电线上,小鸟战栗不已
我在想,谁来洗去雨水的罪过?

我犯下的每一个过错

最后都交待在这黄昏时分的湖畔

——飞鸟翅膀丈量的湖面足够宽阔

——足够容下我和雨水的罪过

2015年4月26日

遗　嘱

再好的故事也会有结局
也会在河流拐弯的地方驻足
在清风明月的山冈,用一颗松果
丈量人品的高度

我将带着松针的刺痛,年复一年
穿过泥泞的村庄,尘土飞扬的城镇
谦卑地行走在别人的注视里
那时候,顺流而下的峡谷朝霞满天

断崖式跌落的水,是游鱼的恐惧
当峡谷的枯树长出新芽,硕大的樱花
已被花园攫夺。而这湖畔的垂柳
把自己最好的青春都已埋进泥土

偶尔的激昂换来更多的抑郁
打开一个抽屉,里面是更多的抽屉
而在黑暗楼道影子的纠缠里
每走一步,我都在克制回头的欲望

再好的故事也会有结局
驻足的河水已经向前
只有细细的沙
还在埋葬我的遗嘱

2015年3月30日

风　口

一棵树挡不住呼啸而过的风，
就像新九裸露的山，挡不住
泥土的持续生长。再大的一滴泪
也会在风暴的中心变得安宁。

我得承认，夜可以压倒白昼。
怒放的迎春花，指引着蜜蜂的
归途。向前，是河湾怀抱的故乡，
一座月光下晾晒的空粮仓。

走过垂柳铺排的林荫道，
一只逆水行舟的蝴蝶，翅膀
已经卷不起风暴。在那里，
你眼眸涨满蓝色的海水。

我必须让风停止吹拂，停止
春天不切实际的幻想，让雨水
潜入漆黑的夜晚，让一个游荡
花园砾石上的枯木长出良心。

但是徒劳。就像开裂的核桃壳，
阻止不了风从伤口穿越。
呼啸而过的不只是疼痛的泪，
还有一个春天积累的雪。

2015年3月26日

在新九的山中过年

你看到的一切都是新的。
远处刚苏醒的山,院子里
长出新芽的树,和这透明的风,
这芭蕉叶上一尘不染的阳光,
甚至阳光下黝黑发亮的百年老宅。

寂静一如泛着绿宝石光亮的灌木丛,
清洗着心肺。在这新九的山中,往事
如同后院枝头盛开的杏花,缝补着空白。
墙角那棵果壳干裂的石榴树,一脸谦卑,
在蓝色天空下,我们都没有说话。

如同这个被遗忘的山中老院子,
新年的阳光始终走不出屋檐的阴影。

时间像路边的驴和马,等待青草长出来
而我在炭火的灰烬里,等待
铜火锅的原香弥漫开来。

只有这溪中逆行的鱼,在逃脱网的纠缠。
只有你怀抱这黝黑发亮的老宅子,
久久注视,这枚生锈的铁钉,
在斑驳的阳光下抵抗衰老。只有我知道
"这里的一切都将活得比我更长久"。

            2015年3月7日

米 易

在这里,你会发现
对一个人的担心是多余的
多余的时间,都在安宁河里
流着蓝色天空,洗着伤口的盐

在这里,只有很少一点生活
是需要香烟和啤酒来唤醒
多余的时间,都跟着崭新的阳光
迷失在草场、丙谷、垭口、撒莲

的每一道河湾、每一片灌木丛
每一块油菜花田里。甚至一根甘蔗
一颗枇杷一把青草一次相遇
还有兄弟满怀期待的脸

迎风走来的陌生人，带着泥土
和羊群，穿过群山、隧道、广场和城镇
等待峡谷之上星辰的风暴平息下来
等待在早上醒来的一滴露水中相见

2015年3月1日

伤　口

是时候愈合伤口了
这手臂上长长的一道口
是谁划的已不重要
是用刀划的还是月亮划的
并不重要。重要的是
伤口该愈合了。不安的血
暴动的血，愤怒的血
刀口或者月亮嘴唇上的血
都已流尽。现在是正午
炙热的阳光开始缝合我的伤口
两边的皮肤都想多用点力
都想早点跨过伤口的
中间线。就像一天的半天
一年的半年，一生的半生

但我并不这么认为
我只想自己的伤口
早日长出翅膀
再一次迎着月亮的刀锋飞去

        2014年5月26日

这河里到底藏了多少秘密

一块石头爱上另一块石头
一把水草爱上另一把水草
一只鸟爱上一条鱼，穿城而过的
河里，到底藏了多少秘密
这么多的桥，这么多的码头
没有船的河到底藏了多少秘密
阳光看不透，月光搬不动
随风潜入夜的雨水和火把
也只是溅起抽刀断水的忧伤
这河里，到底藏了多少秘密
桥洞和江楼也锁不住的秘密
在平静的表情下，水重复着水
埋藏着越来越深的秘密
那些吃五谷长大的迎亲队伍

走在你细小的腰身上
年复一年，埋藏着淤泥
也埋藏着爱与被爱的秘密

      2014年5月19日

城里的月光

一眼能望到的距离越来越短
一眼能看清的事物越来越多
在一堆纸里,你能找到的还是纸
十根烟头也照不亮你的脸
你的脸,惨白得模糊一片
像是从未吃过一顿饱饭
你能做的,无非是走出屋外
沿着二环路,一路快走
比房子还高的桥,没有红绿灯的汽车
正一车一车拉走属于你的月光
一点一点掏空你的身体
在桥的阴影里,空气是会呼吸的痛
这样的夜晚不适合做梦
请不要站在月光的对面打望

那些暗藏的米粒会灼伤你的眼
尽收眼底的东西越少越好
一堆报纸,掩盖不了你淋漓的汗水
月光下走着的,都是你的亲人

       2014年5月16日,成都

碎纸机

你站在我身后
多少年了,重复着同一个动作
捡起我随手扔掉的废纸
放进嘴里,细嚼慢咽
米粒一样细小的碎片
把你吃成一个大胖子
这时我才发现
这些年说了多少废话
你替我消灭了多少谎言
也替我掩盖了多少秘密

2014年5月5日

空房间

现在,你可以推门进去了
加夫列尔·加西亚·马尔克斯
这是外祖母给你预留的空房间
活着的时候,我们谁也没资格进去
这是外祖母特意给你预留的空房间
她在里面等了你七八十年
她又琢磨出了许多的魔幻故事
足够你再写上一百年

推门进去吧,加西亚
什么也不用带,姨妈早就为你缝好了殓衣
马贡多的吉卜赛人准备好了冰块和磁铁棒
疯狂的奶牛已产好的牛奶、牛肉和牛鞭
一下几年几月零几天的雨也停了

不用担心被星星噪音折磨失眠的葡萄牙人
更不用担心霍乱搅黄你的爱情
我向你保证,事先张扬的凶杀案绝不会发生
奥雷良诺·布恩上校,像个忠实的仆人
已在门外为你持枪站岗

放心进去吧,马尔克斯
我们会保管好你的书和笔
还有那些史前动物巨蛋一样的鹅卵石
会照顾好羽毛颓败、面容衰老的巨翅老人
绝不为五分钱一张的门票,将他关在鸡笼
更不会让焦急等待退伍补助金的上校无信可收
那些你吃过的榴莲喝过的朗姆酒抽过的雪茄
伊萨贝尔在马贡多的观雨独白,连同世界上
最漂亮的溺水者,我们都会小心保管起来
绝不会让加勒比海炎热潮湿的风吹来枯枝败叶

这周末后的一天,加夫列尔·加西亚·马尔克斯
你转身进入外祖母的空房间
满屋子的老朋友都在等你——
卡彭铁尔、博尔赫斯、阿斯图里亚斯、富恩特斯
罗萨、乌斯拉尔·彼特里和鲁尔福
你们肯定会彻夜长谈,外祖母已点亮了灯

如果你们还嫌不够明亮,别着急
镀金的天空中,两只鸟正举着火把和啤酒赶来

2014年4月20日凌晨

春天的心房

那些一夜远去的北风
那些一夜吐绿的洋槐
那些一夜撤掉的门帘
那些一夜脱去的冬衣
那些一夜长出的楼房
那些一夜清晰的群山
那些一夜开化的河流
那些一夜回来的燕子
那些一夜绽放的花朵
那些一夜变短的裙子

那些支离破碎的记忆
那些静默如初的雕塑
那些反复播放的声明

那些追赶阴影的脚步
那些没有刹车的单车
那些交叉路径的花园
那些头枕书本的草地
那些墙角盛开的海棠
那些花枝招展的蝴蝶
那些越来越长的日头
那些越来越薄的衣裳
那些再也回不去的时光

在这回不去的时光里
就让我和鲜花在一起
和善解人意的阳光在一起
走过路边那棵孤独的桃树
去温暖春天的心房

2012年4月11日，北大

后记
十年灯话

赵晓梦

是的,你或许会有些意外。这本"归来"十年的诗歌选集,没有按大家熟悉的"套路"编排。你看到的第一首诗,不是十年前写下的第一首诗,恰恰是编辑这本诗集的2022年9月改定的一首长诗,而十年前在北大求学期间偶然重拾诗笔写下的诗篇,却放在了最后。无论是"长调"还是"组章""短歌"三个篇章,都遵循了这个倒数排序。即使是同一年里的诗歌,也偏执地按月甚至按天从后面往前面的时间排序。

这或许是故意的。就像已经过去的春天里,每天早上在公园里跑步,总会看到一个老友在湖边绿道上倒着走,我和他的距离总是越拉越大,但湖毕竟是湖,跑一圈回来,我们又能在某一个地方擦肩而过。然后喘着气问声好,或者停下来,转过身来,就某个关心的人或事,聊上几句,再分开,再跑,再倒着走。接下来的时间,我继续边跑边数数,从一到一百,再从一到一百。我不知道倒着走的老兄，是不是也会边走边数数，是顺着数还是倒着数。他只是偶尔说起，医生列举了诸如预防含胸驼背、锻炼腰肌、增强腿力、提高身体协调能力等等倒着走的好处，但从未说起倒走数数对锻炼脑力有无帮助。想想有趣，于是心血来潮，便在跑步时试着倒数，结果不仅节奏全部被带偏，更严重的是连跑步都不会了。

这让我明白一个道理，有些事情只能顺着一个逻辑往前走，就像大多数的水只能从高处往低处流，因为重力的存在，这个世界上即使有那么几个地方的瀑布看上去是倒流的，但当你走近细看，那其实是风吹浮力所致。不过有一年夏天，我参加青海湖国际诗歌节期间，在刚察采风时，被一群鱼给震撼了。准确地说，是一群倒着走的鱼。这便是国家二级保护动物、学名裸鲤的湟鱼。铅灰色的天空下，成群结队的湟鱼逆流而上，塞满河道，使得河水都暗了下来，仿佛河道里流的不是水而是鱼。它们为了完成生儿育女、繁衍后代的朴素愿望，将逆流穿越海拔落差高达数十米乃至上百米的河道。这是一趟艰辛的倒走旅程，短则数十公里、长则上百公里不说，沿途还将经历浅滩搁浅、棕头鸥鸟袭击、陡坡台阶等致命艰难。亲眼所见，那些有着硕大身躯、尖锐长嘴的棕头鸥，明目张胆地站在浅滩上，看到湟鱼游上来就是一嘴下去，结束它们漫长的旅途。这些倒走洄游的鱼，比起水深处，水浅的地方更危险。因此也只有结伴而行，用前赴后继的"人海战术"，才能最终抵达目的地。年复一年，再高的台阶,再凶猛的敌人,都阻挡不住它们逆流洄游、长途跋涉的脚步。

这一路走来的艰辛,不正是我们人类的真实写照吗?最新的科学研究表明,人是从鱼进化而来,在以亿年为单位的漫长岁月中,先后经历了最早的无颌类演化变成有颌类、肉鳍鱼类,之后登上陆地变成两栖类和哺乳动物,最终演化成人类这样一个漫长的过程。而从猿到人的演化,又是以百万年为单位的一个漫长过程,时间像是不存在一样漫长。在成为智人、现代人的进化过程,除了吃饱肚子的艰辛,还有与大自然的斗争与妥协,如果没有高出生率对抗高死亡率,一个人甚至一个种群的人,都不可能从古走到今。他们像湟鱼一样,成群结队、前赴后继,最终穿越冰期、地震、泥石流、洪水、猛兽、高温、干旱、瘟疫、台风、龙卷风、雷暴、火山喷发等极端灾害的死亡威胁。而人类引以为傲的文明史也不过才短短的一万年。

人在大地上的身影,尽管在鹰的翅膀下渺小无比,但我相信他们从未停止脚步,无论是往前走还是往回走,他们一直在寻找理想的家园、理想的栖息地,这一辈人走不动了,下一辈人一定会接着走,就像一心想移走太行、王屋二山的愚公。《万里归途》里一位同胞记录下回家的路"32万6713步"。所以我说,历史不能个体否定整体,也不能整体否定个体。而诗人要做的,不是对这一路走来多么不易的肤浅感叹,而是对生命的坚韧、脆弱、倔强、妥协、绝望、斗志的感悟和感怀。就像电影《隐入尘烟》震撼人心的叙事，不是《活着》里小人物福贵的命运一波三折，而是附着在人、驴、小鸡、燕子、麦苗、土地上的无常、尖锐、粗粝、扎心，咀嚼苍凉却又不被过往的苍凉所羁绊。每一个平常生命的生长与消失，都值得诗人去关注去体会去抒写。

所以从二月到三月，当跑步已成为习惯，我已不再纠结倒走与倒数的数学问题，因为这些都不是问题，手臂上绑着的手机在不时提醒你呢：跑步3公里，平均配速6分34秒。进入四月，我甚至把手机的音量调低，不再沉迷于配速提升的虚荣和下降的焦虑。那些多余的心思，让我开始留意跑过的草丛、树木、花朵、飞鸟、晨昏、窗棂、竹林、桥洞，以及被雨水打落地上的花瓣、蚂蚁和光线。它们都在路边停下来，等我先过去。它们的谦卑，它们的倔强，它们周而复始的惶恐与不安，回应着空旷的脚步，迫使我无法忽视这些路边司空见惯的生命，当那些最初的诗句跳出来，我停下来小心地记录在手机里，不想一个季节下来，竟然有了24首关于花的诗，于是效仿古人，为它们命名《廿四花品》，但我的视线无法做到古人品花之高洁，其中有许多是上不了台面的花朵，比如菜花、月季、三叶草，更多的不过是一个人的"感时花溅泪"，或者是在诗中寻得一个人与自然的缓冲地带。

写诗十年，这样的时间总在夜晚的灯下打发，犹如家中的小猫总用舌头舔舐自己的皮毛和伤口，小心、耐心、用心。要把那些散落水面的火星重新聚拢，对我这个写诗只会用笨办法的人来说，断不是黄庭坚"桃李春风一杯酒，江湖夜雨十年灯"那般快意与惆怅、豪情与深情。一字一句，都是对自己伤口的舔舐。唯一能自我宽慰的是，尽管这些分行文字还有些肤浅、幼稚、单薄、青涩，甚至粗糙，但都不影响我把自己交给灯下那个窃窃私语的自己。

不出意外，这样的时间还会继续流淌，不管倒走还是往前跑，既然如此，就此打住，权当一次意犹未尽的灯话。

2022年10月22日起笔

2023年3月6日收笔于三学堂